AF343954

Meldola   1868 - Décembre - 21

CATALOGUE

DES

LIVRES DE LINGUISTIQUE

ET D'HISTOIRE

COMPOSANT LA

BIBLIOTHÈQUE DE FEU M. MELDOLA

INTERPRÈTE JURÉ
SECRÉTAIRE INTERPRÈTE DE LA COUR DE CASSATION

DONT LA VENTE AURA LIEU

Le lundi 21 décembre 1868 et les trois jours suivants
à sept heures du soir

Rue des Bons-Enfants, 28 (maison Silvestre)

(Salle n° 2)

Par le ministère de Mᵉ SEIGNEUR, commissaire-priseur
Rue Favart, 6.

PARIS

ADOLPHE LABITTE, LIBRAIRE

5, QUAI MALAQUAIS, 5

—

1868

CATALOGUE

DES

LIVRES DE LINGUISTIQUE

ET D'HISTOIRE

COMPOSANT LA BIBLIOTHÈQUE

DE FEU M. MELDOLA

INTERPRÈTE JURÉ

SECRÉTAIRE INTERPRÈTE DE LA COUR DE CASSATION.

LANGUES GRECQUE ET LATINE.

1. Steinthal (H.). Geschichte der Sprachwissenschaft bei den Griechen und Römern. *Berlin*, et 1862 1863, 2 vol. in-8, br.

2. Le François (Ch.-Ant.). Grammaire universelle classique et polémique. *Paris*, 1824, 3 vol. in-8.

3. Benloew (Louis). Précis d'une théorie des rhythmes : 1re partie, rhythmes français et rhythmes latins ; 2e partie, rhythmes grecs. *Paris, Franck*, 1862 et 1863, 2 vol. in-8, br.

4. Planche (Jos.). Dictionnaire grec-français, composé sur le *Thesaurus linguæ græcæ* de Henri Estienne. *Paris*, 1824, 1 vol. gr. in-8. rel.

5. Passow (Franz). Handwörterbuch der griechischen Sprache. *Leipzig*, 1831, 2 gros vol. in-8, rel.

6. Le Poeti greci nelle loro più celebri traduzioni italiane, preceduti di un discorso storico sulla letteratura greca, da Silvestro Centofonti. *Livorno*, 1853, in-8, br.

7. Le Odi di Pindaro, tradotte ed illustrate da Ant. Mezzanotte. *Pisa*, 1819-1820, 3 vol. rel. en 2 gr. in-8, fig. éd. de luxe, texte grec en regard de la trad. italienne.

8. Opere d'Isocrate recate dal greco nell' italiano idioma, con annotazioni, illustrate da G.-M. Labanti. *Parigi, Didot*, 1813, 2 vol, in-8, veau, filets.

M   1

9. Les Œuvres morales et les Œuvres meslées de Plutarque, trad. d'Amyot. *Paris, Sam. Crespin,* 1613-1621, 2 vol. gros in-8, rel.

10. Lanzi (Luigi). Saggio di lingua etrusca e di altre antiche d'Italia. *Firenze,* 1825, tomes I à III, br.

11. Tursellinus, seu de Particulis latini commentarii, authore Handio. *Leipzig,* 1829-1856, 3 vol. in-8, rel.

12. Nouveau Dictionnaire français-latin, par Alfred de Wailly. *Paris,* 1851, in-8, rel. en toile.

13. Du Cange. Glossarium mediæ et infimæ latinitatis. *Parisiis, Didot,* 1840-1850, 7 vol. in-4, avec gravures, d.-rel.

14. Scheller (Imm. - Joh. - G.). Lateinisch - deutsches und deutsch - lateinisches Lexicon. *Leipzig,* 7 vol. in-8, demi-rel.

15. Q. Horatius Flaccus, ed. Lemaire. *Parisiis,* 1829-1831, 3 vol. in-8, d.-rel.

16. P. Virgilius Maro. Opera, secundum editionem Chr. Gottl. Heyne cui Servium integrum et variorum notas cum suis adjecit N. E. Lemaire. *Parisiis,* 1819-1822, 8 vol. in-8, demi-rel.

17. Publius Virgilius Maro. varietate lectionis et perpetua adnotatione illustratus a Christ. Gottl. Heyne. Editio 4ª curavit Wagner. *Lipsiæ et Londini, s. d.,* 5 vol. in-8, rel.

18. Virgilio. L'Eneide, volgarizzata dal commendatore Annibal Caro. 2 t. en 1 vol. in-8, rel.

19. Tissot. Études sur Virgile comparé avec tous les poëtes épiques et dramatiques des anciens et des modernes. *Parigi,* 1825-1830, 4 vol. in-8, rel.

20. Tissot (P.-F.). Études sur Virgile. *Paris,* 1844, 2 vol. in-8, br.

21. Eichoff (F.-G.). Études grecques sur Virgile. *Paris,* 1825, 3 vol. in-8, rel. filets.

22. Le Metamorfosi d'Ovidio, ridotte in ottave rime da Giov. Andrea dell'Angenlara. *Milano,* 1805, 3 vol. in-8, avec portrait.

23. La Farsaglia d'Anneo Lucano, tradotta in versi italiani da Cristoforo Boccello. *Pisa,* 1814, 2 tomes en 1 vol. in-4, d.-rel.

24. Épigrammes de Martial, trad. complète de E.-T. Simon, avec le texte latin en regard, des notes et les meilleures imitations en vers français depuis Cl. Marot jusqu'à nos jours. *Paris,* 1819, 3 vol. in-8, rel. veau v.

LANGUE ROMANE.

25. Raynouard. Recherches sur l'ancienneté de la langue romane. *Paris, Didot*, 1816, gr. in-8, v. filets.

26. Bruce Whyte (M.-A.) Histoire des langues romanes et de leur littérature depuis leur origine jusqu'au xiv° siècle. *Paris*, 1841, 3 vol. gr. in-8, br.

27. M. Mary-Lafon. Tableau historique et littéraire de la langue romano-provençale, ouvrage couronné par l'Institut. *Paris*, 1842, in-8, br.

28. Raynouard. Éléments de la grammaire de la langue romane avant l'an 1000, précédés de recherches sur l'origine et la formation de cette langue. *Paris, Didot*, 1826, in-8, cart.

29. Raynouard. Grammaire comparée des langues de l'Europe latine dans leurs rapports avec la langue des troubadours. *Paris, Didot*, 1821, 1 vol. in-8, rel.

30. Diez (Friedrich). Grammatik der romanischen Sprachen, 2te Ausgabe. *Bonn*, 1856, 3 vol. in-8.

31. Tailliar. Notice sur la langue romane d'oil. *Douai, s. d.*, 1 vol. gr. in-8, d.-rel.

32. Grammaire de la langue d'oil, etc., par G.-F. Burguy. *Leipzig*, vol. Ier et III in-8, br.

33. Grammaire de la langue d'oil, ou grammaire des dialectes français aux xiv° et xv° siècles. *Berlin*, 1853, 3 vol. in-8, br.

34. Lacombe. Dict. du vieux langage françois, enrichi de passages tirés des manuscrits en vers et en prose, etc. *Paris*, 1776. — Supplément contenant aussi la langue romane ou provençale et la normande. *Paris*, 1777, 2 vol, in-8, rel. en veau.

35. Essai d'un glossaire occitanien pour servir à l'intelligence des troubadours. *Toulouse*, 1819, in-8, rel.

36. Raynouard. Lexique roman, ou Dict. de la langue des troubadours comparée avec les autres langues de l'Europe latine. *Paris*, 1838-1844, 6 vol. in-8, d.-rel.

37. Roquefort (J.-B.-B.). Glossaire de la langue romane, avec le Supplément. *Paris*, 1808-1820, 3 vol. in-8, rel.

38. Etymologisches Wörterbuch der romanischen Sprachen. *Bonn*, 1861-1862, 2 vol. in-8, rel.

39. Osservazioni sulla poesia de' trovatori e sulle principali maniere e forme di essa confrontate brevemente colle antiche italiane. *Modena*, 1829, gr. in-8, rel.

— 4 —

40. Diez (Fréd.). La Poésie des troubadours, études traduites
de l'allemand, par Ferd. de Roisin. *Paris*, 1845, in-8, rel.

41. Le Troubadour, poésies occitaniques du XIIIe siècle, traduites et publiées par Fabre d'Olivet. *Paris*, 1804, 2 tom.
en 1 vol. in-8, veau.

42. Choix des poésies originales des troubadours, par M. Raynouard. *Paris, Didot*, 1816-1821, 6 vol. in-8, d.-rel.

43. Le Parnasse occitanien, ou Choix de poésies originales
des troubadours, tirées des manuscrits nationaux. *Toulouse*,
1819, in-8, br.

44. Las Flors del gay saber, recueil de poésies en langue romane depuis 1324 jusqu'à 1498, avec traduction littérale et
notes, par M. Gatien-Arnoult. *Toulouse*, 1841-1843, 4 vol.
in-8, rel.

45. Altfranzösische Lieder, mit grammatischen und litterarischen Abhandlungen, von Wilhelm Wackernagel. *Bâle*, 1846,
in-8, rel.

46. Altfranzösische Lieder berichtigt und erläutert, nebst
einen Glossar von Eduard Matzner. *Berlin*, 1853, in-8, rel.

47. Romanische inedita aus italienischen Bibliotheken, ge-
sammelt von Paul Heyfe. *Berlin*, 1856, gr. in-8, cartonné.

48. Baret (Eugène). Les Troubadours et leur influence sur la
littérature du midi de l'Europe, avec des extraits et des
pièces rares ou inédites, 2e éd. *Paris, Didier*, 1866, in-8, br.

LANGUE FRANÇAISE.

49. Estienne (Henri). La Précellence du langage français. —
La Conformité du langage français avec le grec, publié par
Léon Feugère. *Paris, Delalain*, 1850-1853, 2 vol. in-12, br.

50. Chevallet (A. de). Origine et formation de la langue française, 2e édition. *Paris*, 1858, vol. in-8, rel.

51. Charles Pougens. Trésor des Origines et Dict. grammatical raisonné de la langue française. Spécimen. *Paris,
Impr. royale*, 1819, 1 vol. in-4, br.

52. Fallot (Gustave). Recherches sur les formes grammaticales de la langue française et de ses dialectes au XIIIe siècle, publiées par Paul Ackermann et précédées d'une Notice
sur l'auteur par M. B. Guérard. *Paris, Imprimerie royale*,
1839, in-8, demi-rel.

53. Edélestand du Méril. Essai philosophique sur la formation de la langue française. *Paris*, 1852, 1 vol. in-8, br.

54. Francis Wey. Histoire des révolutions du langage en France. *Paris, Didot*, 1848, in-8, rel.

55. Histoire de la langue française. Etudes sur les origines, les étymologies, la grammaire, les dialectes, la versification et les lettres au moyen âge, par E. Littré. *Paris, Didier*, 1863, 2 vol. in-8, br.

56. E. Littré. Hist. de la langue française. *Paris, Didier*, 2 vol. in-12, br.

57. P. Génin. Des Variations du langage français depuis le XIIe siècle, ou Recherches des principes qui [devraient régler l'orthographe et la prononciation. *Paris, Didot*, 1845, in-8, demi-rel. dos maroquin.

58. F. Génin. Récréations philologiques. *Paris, Chamerot*, 1858, 2 vol. in-12, dem.-rel. mar.

59. L'Eclaircissement de la langue française, par Jean Palsgrave, suivi de la Grammaire de Giles du Guez, publiés par F. Génin. *Paris, Impr. nationale*, 1852, in-4, cartonné.

60. Journal grammatical et didactique de la langue française, rédigé par Marle. *Paris*, 1827-1831, 6 vol. in-8.

61. Grammaire nationale, ou Grammaire de Voltaire, de Racine, de Fénelon, etc., etc., par Bescherelle. *Paris*, 1835-1836, in-8, rel.

62. Napoléon Landais. Grammaire, résumé général de toutes les grammaires françaises. *Paris*, 1835, gr. in-8, rel.

63. Balance orthographique et grammaticale de la langue française, par Ch. La Loy. *Paris*, 1843, gr. in-8, rel.

64. Francis Wey. Remarques sur la langue française au XIXe siècle, sur le style et la composition littéraire. *Paris, Didot*, 1845, 2 vol. in-8, rel.

65. Ch.-L. Livet. La Grammaire française et les Grammairiens au XVIe siècle. *Paris, Didier*, 1859, in-8, rel.

66. Louis de Bäcker. Grammaire comparée des langues de France (flamand, allemand, celto-breton, basque, provençal, espagnol, italien, français, comparés au sanscrit). *Paris*, 1860, in-8, br.

67. Agnel (Emile). Observations sur la Prononciation et le langage rustiques de Paris (avec notes manuscrites). *Paris*, 1855, in-12, interfolié, cartonné.

68. Le Dictionnaire des Précieuses, par le sieur de Somaize, nouvelle éd. augmentée de div. opuscules et d'une clef. *Paris*, 1856, 2 vol. in-16, cartonnés en toile.

69. Examen critique des Dictionnaires de la langue française, par Charles Nodier. *Paris*, 1829, in-8, rel.

70. **Ménage**. Dict. étymologique de la langue française. *Paris*, 1750, 2 vol. gr. in-fol., avec portrait et notes mss.

71. Dictionnaire de Trévoux, nouvelle édition. *Paris*, 1771, 8 vol. grand in-folio, v.

72. **Roquefort** (B. de). Dict. étymologique de la langue française. *Paris*, 1829, 2 vol. in-8, rel.

73. **Noël et J. Carpentier**. Dict. étymologique, critique, historique, anecdotique et littéraire, contenant un choix d'archaïsmes, de néologismes. *Paris*, 1839, 2 vol. in-8, rel.

74. Dict. des Racines et Dérivés de la langue française, dans lequel on trouve les mots distribués par familles, par Frédéric Charrassin et Ferdinand François. *Paris*, 1842, grand in-8, rel.

75. Dict. d'étymologie française, par Auguste Scheler. *Bruxelles* et *Paris (Didot)*, 1862, in-8, rel.

76. Collection de Poëmes français du XIIe et du XIIIe siècle. *Glossaire*, 1re partie, par C. Hippeau. *Paris*, *Aubry*, 1866, 1 vol. in-8, br.

77. **Féraud** (abbé). Dict. critique de la langue française. *Marseille*, 1787, 3 vol. in-4, rel.

78. Archéologie française, ou Vocabulaire de mots tombés en désuétude et propres à être restitués au langage moderne. *Paris*, 1821-1825, 1 vol. in-8, rel.

79. Dict. de l'Académie française, 6e édition, avec complément. *Paris*, *Didot*, 1834, 3 vol. in-4, demi-rel.

80. Recueil des Factums d'Antoine Furetière contre quelques-uns de l'Académie, suivis des preuves et pièces historiques données dans l'édition de 1694, avec introduction et notes hist. et critiques, par Ch. Asselineau. *Paris*, 1858-1859, 2 vol. in-12, br.

81. **Vanier**. Dict. grammatical, critique et philosophique de la langue française. *Paris*, 1836, 4 vol. in-8, rel.

82. Dictionnaire usuel de tous les verbes français, entièrement conjugués, par Bescherelle frères. *Paris*, 1843, 2 vol. in-8, rel.

83. **Richard de Badonvilliers**. Éclaircissement de la langue française, Dictionnaire de mots nouveaux. *Paris*, 1845, in-8, demi-rel.

84. Dictionnaire historique de la langue française, publié par l'Académie française. *Paris*, *Didot*, 1858, tome Ier en 2 vol. in-4, br.

85. Dictionnaire analogique de la langue française. Répertoire complet des mots par les idées et des idées par les

mots, par P. Boissière (avec un supplément). *Paris*, 1862, 2 gros vol. in-8, rel.

86. Frédéric Godefroy. Lexique comparé de la langue de Corneille et de la langue du XVIIᵉ siècle en général. *Paris, Didier*, 1862, 2 vol. in-8, rel.

87. F. Génin. Lexique comparé de la langue de Molière et des écrivains du XVIIᵉ siècle, suivi d'une lettre à A.-F. Didot. *Paris, Didot*, 1846, in-8, rel.

88. Lorin (Théodore). Vocabulaire pour les œuvres de La Fontaine, ou Explication et définition des mots, locutions, formes grammaticales, etc., employés par La Fontaine, et qui ne sont plus usités. *Paris*, 1852, in-8, br.

89. La Langue du droit dans le théâtre de Molière, par Eugène Parengavet. *Paris, Durand*, 1861, in-8, broché.

90. Molière musicien. Notes sur ses œuvres, etc., et considérations sur l'Harmonie de la langue française, par Castil-Blaze. *Paris*, 1852, 2 vol, in-8.

91. Dict. pratique et critique de l'Art épistolaire, avec des préceptes et des conseils sur chaque genre, et plus de mille modèles et remarques sur chaque lettre, par Ch. Dezobry. *Paris*, 1866, 1 gros vol. in-8, rel.

92. Charles Nodier. Dict. raisonné des Onomatopées françaises. *Paris*, 1808, in-8, rel.

93. Scott (Edouard-Léon). Les Noms de baptême et les prénoms. Nomenclature, signification, légende, histoire, art de nommer. *Paris*, 1857, 1 vol. in-12, br.

94. Dictionnaire des Noms de baptême, par Belèze. *Paris, Hachette*, 1863, in-8, demi-rel.

95. La Faye. Dictionnaire des Synonymes de la langue française (avec supplément). *Paris, Hachette*, 1858-65, 2 vol. gr. in-8, demi-rel.

96. Guizot. Dictionnaire des Synonymes de la langue française, 5ᵉ édition. *Paris, Didier*, 1861, 1 vol. in-8, rel.

97. P.-M. Quitard. Dictionnaire étymologique, historique et anecdotique des Proverbes et des locutions proverbiales de la langue française. *Paris* et *Strasbourg*, 1842, in-8, demi-rel.

98. P.-M. Quitard. Études historiques, littéraires et morales sur les Proverbes français et le langage proverbial, contenant l'explication et l'origine d'un grand nombre de Proverbes remarquables oubliés dans tous les recueils. *Paris*, 1860, in-8, br.

99. Quitard (P.-M.). Dict. étymologique, historique et anecdotique des Proverbes et des locutions proverbiales de la langue française. *Paris, Bertrand*, 1842, 1 vol. in-8, br.

100. Dict. des Proverbes français, par de la Mésangère. *Paris*, 1821, in-8, rel.

101. Le Livre des proverbes français, précédé de recherches historiques sur les proverbes français, et leur emploi dans la littérature du moyen âge et de la renaissance, par Le Roux de Lincy. *Paris*, 1859, 2 vol. in-8, rel.

102. A. Caillot. Nouveau Dict. proverbial, satirique et burlesque. *Paris*, 1826, 1 vol. in-8, br.

103. P.-J. Leroux. Dict. comique, satirique, critique, burlesque, proverbial. *Pampelune*, 1786, 2 vol. in-8, rel.

104. Francisque Michel. Études de philologie comparée sur l'argot et sur les idiomes analogues parlés en Europe et en Asie. *Paris, Didot*, 1856, gr. in-8, br.

105. Delvau (Alfred). Dictionnaire de la langue verte. *Paris*, 1866, 1 vol. in-12, rel.

106. Les Quinze Joies de mariage. *Paris, Janet*, 1857 (*Bibl. Elzev.*), in-16, cart. en toile.

107. Œuvres de Rabelais, accompagnées de notes nouvelles, par MM. Burgaud des Marets et Rathery. *Paris, Didot*, 1857, 2 vol. in-8, br.

108. Moralistes français : Blaise Pascal, de la Rochefoucault, La Bruyère et Vauvenargues. *Paris, Didot*, 1859, gr. in-8, avec portr. rel.

109. Montaigne. Essais, avec glossaire et table analytique. *Paris, Desoer*, 1818, 4 vol. in-18.

110. Essais de Michel de Montaigne, avec des notes de tous les commentateurs. *Paris, Didot*, 1859, gr. in-8, avec portr. rel.

111. Le Devoir, par Jules Simon, 6e édition. *Paris, Hachette*, 1860, 1 vol. in-8, br.

112. Les Dévotes Epistres de Katherine d'Amboise, publiées pour la première fois. *Tours, Mame*, in-4. (*Grandes marges.*)
Tiré à 180 exemplaires.

113. Marchangy. La Gaule poétique. *Paris*, 1824-1825, 6 vol. in-8, br.

114. Les Poëtes français, depuis le XIIe siècle jusqu'à Malherbe, avec une notice histor. et littér. sur chaque poëte. *Paris, Crapelet*, 1824, 6 vol. in-8, br.

115. Jubinal (Achille). Jongleurs et Trouvères, ou Choix de saluts, épîtres, rêveries, etc., des XIIIe et XIVe siècles, publiés pour la première fois d'après les manuscrits de la Biblioth. du roi. *Paris*, 1835, in-8, rel.

116. Rutebeuf, trouvère du XIIIe siècle. Le Miracle de Théophile. *Paris*, 1838, 1 vol. in-8.

117. Nouveau Recueil de contes, dits, fabliaux, et autres pièces inédites des XIIIe, XIVe et XVe siècles, pour faire suite aux collections de Legrand d'Aussy, Barbazan et Méon, par Achille Jubinal. *Paris*, 1839-1842, 2 vol. in-8, br.

118. Les Amours et le trépas du noble et preux bachelier Jehan de Baldor, et autres histoires (en vieux français, imprimé en caractères gothiques), avec notes et éclaircissements, et avec recherches sur le style, par Ch. Nodier. *Sans titre*, 1 vol. in-12, br.

119. Poésies de Marie de France, poëte anglo-normand du XIIIe siècle, publiées par B. de Roquefort. *Paris*, 1820, 2 vol. in-8, br.

120. Léon Gautier. Les Epopées françaises, étude sur les origines de l'histoire de la littérature nationale (1er volume). *Paris*, 1865, in-8, pap. vergé de Holl.

121. Amis et Amiles, et Jourdains de Blaivies (poëmes en vieux français, avec préface allemande). *Erlangen*, 1852, in 8, br.

122. Génin (F.) La Chanson de Roland, poëme de Theroulde, texte avec une traduction, une introduction et des notes. *Paris, Impr. nat.*, 1850, gr. in-8, br.

123. La Chanson de Roland, nach der Oxforden Handschrift von Neuem herausgegeben, erläutert und mit einem vollständigen Glossar versehen, von Theodor Müller. *Gœttingen*, 1863, 1 vol. in-8, br.

124. Renaud de Montauban, oder die Aimonskinder, altfranzösisches Gedicht, nach den Handschriften zum ersten Mal herausgegeben von Dr Heinrich Michelant. *Stuttgart*, 1862, gr. in-8, demi-rel.

125. Loiseleur Deslongchamps. Essai sur les fables indiennes et sur leur introduction en Europe, suivi du roman des Sept Sages de Rome, en prose, publié pour la première fois d'après un manuscrit de la Bibliothèque royale, avec une analyse et des extraits des Dolopathos, par Le Roux de Lincy. *Paris*, 1838, in-8, br.

126. Recueil de chants historiques français, depuis le XIIe jusqu'au XVIIIe siècle, avec des notices et une introduction, par Le Roux de Lincy. *Paris*, 1841, 2 vol. in-12, demi-rel.

127. Chants historiques et populaires du temps de Charles VII et de Louis XI, publiés pour la première fois d'après le manuscrit original, avec notice et introduction, par Le Roux de Lincy. *Paris*, 1867, pap. vél. in-12, demi-rel.

128. Œuvres de Clément Marot, nouvelle édition, avec des notes et un glossaire des vieux mots, par R. Auguis. *Paris*, 1823, 5 vol. in-16, br.

129. Le Virgile travesti en vers burlesques, par Paul Scarron, avec la suite ; nouvelle édition, précédée d'une étude sur le burlesque, par Victor Fournel. *Paris*, 1858, in-8, demi-rel.

130. Paris ridicule et burlesque du XVIIᵉ siècle, par Claude le Petit, Berthod, Scarron, François Colletet, Boileau, etc.; nouvelle édition, par le bibliophile Jacob. *Paris, Delahays*, 1859, in-12.

131. Œuvres complètes de J. de La Fontaine, précédées d'une nouvelle notice sur sa vie, avec les notes les plus importantes des commentateurs. *Paris, Pillet*, 1817, in-8, br.

132. Lettres de Mᵐᵉ de Sévigné, de sa famille et de ses amis, recueillies et annotées par M. de Monmerqué ; nouvelle édition, augmentée de lettres inédites, d'une notice, d'un lexique des mots et locutions remarquables, de portraits, vues et *fac-simile*, etc. *Paris, Hachette*, 1862-1866, 14 vol. in-8, br.

133. Voltaire. Œuvres complètes. *Paris, Hachette*, 1866, 40 vol. in-12, br.

134. Voltaire. Œuvres poétiques. *Paris, De Bure*, 1824, gr. in-8, portr. demi-rel.

135. Œuvres choisies de Gresset, précédées d'un Essai sur sa vie et ses écrits, par Campenon, de l'Académie française. *Paris*, 1823, in-8, fig.

136. P.-J. Bernard (dit Gentil-Bernard). Œuvres, ornées de 6 gravures et portr. *Paris*, 1821, in-16, veau, fil.

137. Œuvres complètes de P.-L. Courier, nouvelle édition, augmentée d'un grand nombre de morceaux inédits, précédée d'un Essai sur la vie et les écrits de l'auteur, par Armand Carrel. *Paris, Didot*, 1864, 1 vol. gr. in-8, rel. portrait.

Patois de la France.

138. Mémoires sur les langues, dialectes et patois, tant de la France que des autres pays. *Paris*, 1824, in-8, demi-rel. mar.

Tome VI des Mémoires des Antiquaires de France.

139. A. W. de Schlegel. Observations sur la langue et la littérature provençales. *Paris,* 1818, in-8.

140. Grammaire française expliquée au moyen de la langue provençale. *Marseille,* 1826, 1 vol. in-8, rel.

141. Laveleye (Émile de). Histoire de la langue et de la littérature provençales. *Bruxelles,* 1845, 1 vol. gr. in-8, br.

142. Fauriel. Histoire de la poésie provençale, cours à la Faculté des lettres à Paris. *Paris,* 1846, 3 vol. in-8, rel.

143. Bemmel (Eug. van). De la Langue et de la poésie provençales. *Bruxelles,* 1846, in-12, br.

144. De l'Orthographe provençale, par Damase Abbaud. *Aix, Makaire,* 1865, 1 vol. in-12, br.

145. Dictionnaire provençal-français, suivi d'un vocabulaire français-provençal, et enrichi de notes historiques et curieuses, etc., etc. par J.-T. Avril. *Apt,* 1839, in-8, br.

146. E. Garcin. Nouveau Dictionnaire provençal-français. *Draguignan,* 1841, 2 vol. in-8, rel.

147. Dictionnaire provençal-français, ou Dict. de la langue d'oc, ancienne et moderne, suivi d'un vocabulaire français-provençal, par S.-J. Honnorat. *Digne,* 1846, 4 vol. in-4, demi-rel.

148. S.-J. Honnorat. Vocabulaire français-provençal. *Digne,* 1848, 1 vol. in-12, d'environ 1,200 pages, br.

149. Provenzalisches Lesebuch, mit einer litterarischen Einleitung und einem Wörterbuch, herausgegeben von Dr Karl Bartsch. *Elberfeld,* 1855, in-8, br.

150. Raynouard. Notice d'un poëme provençal, manuscrit de la bibliothèque de Carcassonne, n° 681 (extrait du tome XIII des Notices des manuscrits). *Imprimerie royale,* 1835, 1 vol. in-4, cart.

151. Poésies provençales des xvıᵉ et xvııᵉ siècles, publiées d'après les éditions originales et les manuscrits. *Marseille et Paris,* 1843, 1 vol. in-8, cart.

152. Recueil de poésies provençales de M. F. T. G. de Marseille. *Marseille,* 1734, 1 vol. in-8, rel.

153. Recueil de poésies provençales de M. F. T. G. de Marseille. *Marseille,* 1763, 1 vol. in-8, br.

154. Poésios prouvençalos, par Louis J..... *Marsillo,* 1852, 1 vol. in-12, cart.

155. Leis Doues Coumaires, dialoguo prouvençaou, par Pierre Bellot. In-8, cart.

156. Leis Dobos Grassos, vo leis Avanturos deis cousinieros dé Marsio, dialogo en vers prouvençaous. *Marseille*, in-12, cartonné.

157. Lamentations Carlo-Jésuitico-Henrico-Légitimisto oou sujet dé la visite dé M. Berryer, complainto tirado d'oou journaou lou Bouil Abaïsio. *Marsio*, 1844, 1 vol. in-16, br.

158. Désanat (Joseph). Leis Républicaino prouvençalo, chansons nouvelles de circonstance en vers provençaux. *Arles*, *sans date*, in-16 br.

159. Lou Groulié Bel-Esprit, vo Suzetto et Tribor; comédie en deux actes et en vers provençaux, mêlée de chants, par M. Pelaron, de Toulon. *Avignon*, 1813, in-16, demi-rel.

160. Li Nouè de Naboly, Feyrol E. J. Roumanille emè de vers de J. Reboul. *Avignon*, 1852, 1 vol. in-8 cart.

161. Essai d'un glossaire des patois lyonnais, forez et beaujolais, par J.-B. Onofrio. *Lyon*, *Scheeuring*, 1864, in-8 br.

162. Ballet en langage forésien de trois bergers et de trois bergères. *Paris*, *Aubry*, 1855, 1 vol. in-8, br.

163. Bernardin Uchard. La Piedmontoize, en vers bressans. *Paris*, *Aubry*, 1855, 1 vol. in-8, br.

164. Jean-Michel, de Nismes. L'Embarras de la Fiéro de Beaucaire, en vers burlesques vulgaires. *Amsterdam*, 1700, in-12, avec grav. rel.

165. Lou Siéché de Cadaroussa, pouéma patois siguit daou Sermoun de Moussu Sistré et d'aou Trésor dé subtantioum. 2ᵉ édition. *Montpellier*, 1 vol. in-8.

166. Las Foulies dou sage de Mounpellié, révistos é augmentados de diversos piessos de l'autheur. *Amsterdam*, 1825, 1 vol. in-4, rel.

167. Dictionnaire de la langue romano-castraise et des contrées limitrophes, par J.-P. Couzinié. *Castres*, 1850, 1 vol. gr. in-8, rel.

168. Dictionnaire languedocien-françois, ou choix des mots languedociens les plus difficiles à rendre en françois; avec un petit traité de prononciation et de prosodie languedociennes, et avec notes historiques et grammaticales, etc. *Nimes*, 1756, 1 vol. in-12, bas.

169. Dictionnaire languedocien-français, par L.-D. S. *Nismes*, 1785, 2 tomes en 1 vol. veau.

170. Dictionnaire languedocien - français, par De Sauveger. 1820 et 1821, 2 vol. in-8, br.

171. Odde (Claude) de Thiors. Les Joyeuses Recherches de la langue tolosaine. 2ᵉ édition. *Paris, Jannet et Techener*, 1847, 1 vol. in-8, dem.-rel. gr. papier.

172. Las Obros de Pierre Goudelin. *Toulouse*, 1713, 1 vol. in-16, rel.

173. Œuvres de Pierre Godolin, précédées d'une biographie de Godolin, de son éloge prononcé en 1808 et d'études historiques et littéraires sur les dialectes méridionaux, traduction en regard du texte, par MM. Cayla et Cléobule Paul. *Toulouse*, 1843, gr. in-8, portr. et planches, mar. r. fil. tr. dor.

De la Bibliothèque de Ad. de Puibusque.

174. F.-R. Martin. Les Loisirs d'un Languedocien. *Montpellier*, 1827, 1 vol. in-8, rel.

175. Récréations de Moussu L' Ritou et de los brabos gens, per M. P. Revel Ritou de Bilomagno. *Toulouse*. 1845, 1 vol. in-8, br. portrait.

176. Lucien Mengaud. Rosos et Pimpanélos, poésies languedociennes avec traduction française. *Toulouse*, 1845, in-8, rel.

177. Les Notaris et les Banquiés, ou les Banqueroutiés fraoudulouses, odo satiriquo, compousado en 1846, par Louis Vestrepain. *Toulouse*, 1849, in-8, cart.

178. Fables causides de La Fontaine en bers gascouns (avec dictionnaire des termes gascons employés). *Bayonne*, 1776, 1 vol. in-8, portrait et frontispice gravés. (*Edit. de luxe.*)

179. Proverbes béarnais, recueillis par J. Hatoulet et E. Picot, accompagnés d'un vocabulaire et de quelques proverbes dans les autres dialectes du midi de la France. *Paris et Leipzig (imprimé à Lyon par Louis Perrin)*, 1862, in-8, br.

180. G.-A.-J. Hécart. Dictionnaire rouchi-français, précédé de notions sur les altérations qu'éprouve la langue française en passant par ce patois picard. 2ᵉ édition. *Valenciennes*, 1826, in-16, rel.

181. Ricreassion d' l' Autôn, vers piemonteis escrit en Piemont da un Piemonteis ch' a s' os piemonteria mei gnanca pr' fè d' tragedie. *Turin*, 1827, 1 vol. in-16, cart.

LANGUES ANGLAISE, ALLEMANDE, ESPAGNOLE, ETC.

182. La Polyglotte, recueil de 9,000 mots les plus usités en 8 langues. *Belgique*, 1841, in-4 obl. cart.

183. Samuel Johnson. — Dictionary of the English Language. *London*, 1773, 2 vol. gr. in-fol.

184. Boyer, Chambaud, Garnier, Des Carrières et Fain. Dict. angl.-français et français-angl. *Paris*, 1829, 2 vol. in-4, rel.

185. Fleming et Tibbins. — Royal Dictionary English and French and French and English. *Paris*, 1849, 2 vol. grand in-4, rel.

186. P. Sadler. — Nouveau Dictionnaire anglais-français et français-anglais. *Paris*, 1858, in-8, cart.

187. A New Dictionary of the English Language with Etymology, by Charles Richardson. *London*, 1858, 2 gros vol. in-4, rel.

188. Poesie di Ossian trasportate in verso italiano da Melchior Cesarotti, con annotazioni. *Bassano*, 1805, 4 vol. in-16, rel. en veau, filets dorés.

189. The Complete Works of William Shakspeare, consisting of his plays and poems, with critical preface by Dr Johnson, life of the author, etc., and a glossary. *Halifax*, 1864, in-8, relié.

190. Mozin, Biber et Hoelder. Dictionnaire français-allemand et allemand-français. *Strabourg et Tubingue, Cotta*, 1811, 4 tom. en 2 vol. in-4.

191. Mozin et Biber. Dict. français-allem. *Stuttgart et Tubingue, Cotta*, 1826, in-4, 2 vol. rel. en un seul.

192. Gran Dizionario grammatico poetico tedesco, italiano tedesco, del Dr Francesco Valentini. *Leipzig*, 1832-1834, 4 vol. in-4.

193. Dictionnaire complet des langues française et allemande, par Mozin, Guizot, Biber, Hoelder, Courtin et autres; avec un supplément. *Stuttgart et Tubingue, Cotta*, 1842, 5 vol. gr. in-8.

194. Allgemeines Wörterbuch, von Johann Heinrich Roding. *Hambourg*, 4 vol in-4, rel.

195. Deutsches Sprichwörter-Lexicon, von W. Wander. *Leipzig*, 1867-68, 19 livr. in-8

196. Dictionnaire wallon-français, par L. Renacle. *Liége et Leipzig*, 2 vol. in-8, demi-rel.

197. Erlach (Friedrich Karl Freiherr von). — Die Volkslieder der Deutschen von der Mitte des 15ten Jahrh. bis in die erste Hälfte des 19ten Jahrh. *Manheim*, 1834, 5 vol. in-8, rel.

198. Pantheon der deutschen Dichter, herausgegeben von Karl Wilh. Hermann. *Heidelberg*, in-8, veau. (*Belle édit.*)

199. Allgemeine deutsche Encyklopädie fur gebildete Stände (Conversations-Lexicon). *Leipzig, Brockhaus*, 1830, 12 vol. in-8.

200. Canti popolari dell' Allemagna, saggio di traduzione per Fissore Giovanni. *Savigliano*, 1857, gr. in-8, br.

201. Rabeners Satiren. 4 parties en 2 vol. *Francfort et Leipzig*, 1764, 4 tom. en 3 vol. in-8, rel.

202. Moses Mendelssohn's gesammelte Schriften, herausgeg. von Dr G. B. Mendelssohn. *Leipzig*, 1847, 8 vol. in-8, br.

203. Conversations Lexikon der neuesten Zeit und Literatur. *Leipzig*, 1832-1834, 4 vol. in-8.

204. Gramatica de la lengua castellana, por don Vicente Salva. *Paris, Garnier frères*, 1850, 1 vol. in-8, rel.

205. Grammatik der spanischen Sprache, von C. L. Franceson. *Leipzig*, 1855, in-8.

206. Torrecilla (Pedro Maria). Grammaire complète de la langue espagnole. *Paris*, 1859, 3 vol. in-8, rel.

207. Diccionari de la llengua catalana, ab la correspondencia castellana y llatina, per P. Labernia. *Barcelone*, 1839. — Diccionario de la lengua castellana, con las correspondencias catalana y latina, por Pedro Labernia. *Barcelone*, 1844, 2 forts vol. gr. in-8.

208. Suplemento al Diccionario de la lengua castellana, por Vicente Salva. *Paris, Garnier*, 1854, gr. in-8, bas.

209. Nuevo Diccionario de la lengua castellana, con un suplemento, por una sociedad literaria. *Paris, Rosa y Bouret*, 1860, in-8, rel.

210. Dictionnaire hollandais-français et français-hollandais, par Pierre Marin. *Amsterdam*, 1793, 2 vol. in-4, rel.

211. Fuldstœndig tidik og dansk ordbog, ved Jacob Baden. *Copenhague*, 1787, 2 gr. vol. in-8, rel.

212. Det Kongelige Norske Videnskaben Selskabs Skrifter. *Copenhague*, 1817. — *Drontheim*, 1824-1827, 3 vol. in-4, rel.

213. Œhlenschlægers Tragœdier. *Kjöbenhavn (Copenhague)*, 1831-1832, 5 vol. in-12.
Texte danois.

LANGUE ITALIENNE.

1. *Grammaires.*

214. Dialogo del Trissino intitulato il Castellano, nel quale si tratta della lingua italiana. *Vicenza*, 1529, gr. in-8, vélin.

Exemplaire bien conservé et grand de marges d'une édition rare et remarquable par sa singulière orthographe.

215. Aldo Manutio. Eleganze, insieme con la copia, della lingua toscana et latina, scielte da Aldo Manutio, utilissime al che comporre nell' una et l'altra lingua. *Venezia*, 1558, 1 vol. in-16.

216. Orazione di Lionardo Salviati, nella quale si dimostra la fiorentina favella et i fiorentini autori essere à tutte l'altre lingue..... superiori. *Firenze*, 1564, in-4, rel. (*Rare.*)

217. Varchi (Benedetto). L'Ercolano, dialogo dove si ragiona delle lingue e in particolare della toscana e fiorentina. *Firenze*, 1846, in-8.

218. Pietro Bembo. Della Lingua volgare. *Milano*, 1810, 3 tomes en 2 vol. in-8, rel.

219. Cinonio. Osservazioni della lingua italiana; accresciute dal cav. Luigi Lamberti. *Milano*, 1809-1813, 4 vol. in-8, rel.

220. Buonmattei (Benedetto). Della lingua toscana. *Milano, Società typogr.*, 1817, 2 vol. in-8, rel.

221. Romani (Giovanni). Teorica della lingua italiana. *Milano*, 1826, 2 vol. in-8, rel.

222. J. Ph. Barberi. Grammaire des grammaires italiennes, ou Cours complet de langue italienne. *Paris*, 1819, 2 vol. in-8, rel.

223. Giov. Gherardini. Appendice alle grammatiche italiane. *Milan*, 1847, gr. in-8, rel.

224. Vimercati (Vittorio). Cours de langue italienne, d'après la méthode Robertson. *Paris*, 1860, 2 vol. in-8, demi-rel.

225. Vinc. Nannucci. Voci e Locuzioni italiane derivate dalla lingua provenzale. *Firenze*, 1840, in-8, demi-rel.

226. Il Gallicismo in Italia, compilato da Vicenzo Nicotra. *Catana*, 1857, gr. in-8, br.

227. Teorica dei nomi della lingua italiana del prof. Vincenzo Nannucci. *Firenze*, 1858, 1 vol. in-8, rel.

228. Spadaforo (Placido). Prosodia italiana. *Napoli*, 1791, 3 vol. in-8, rel.

229. Romani (Giovanni). Dizionario generale de' sinonimi italiani. *Milano*, 1825-1826, 3 vol. in-8, portr. rel.

230. N. Tommasseo. Nuovo Dizionario dei sinonimi della lingua italiana. *Firenze*, 1838, gr. in-8, rel.

231. Niccolo Tommaseo. Dizionario dei sinonimi della lingua italiana. *Napoli*, 1859, 2 vol. gr. in-8, rel.

2. *Dictionnaires*.

232. Vocabolario degli academici della Crusca. *Firenze*, 1729-1738, 6 vol. in-fol.

233. Alessandro Tassoni. Annotazioni sopra il vocabolario della Crusca. *Venezia*, 1798, 1 vol. in-fol. vélin.

234. Bastero (Antonio). La Crusca provenzale, ovvero le Voci, forme e maniere di dire che la lingua toscana ha preso dalla provenzale, vol. 1°. *Roma*, 1724, 1 vol. petit in-fol. demi-rel.

Le premier volume seul a paru. (*Rare.*)

235. D'Alberti di Villanuova. Dizionario universale della lingua italiana. *Lucca*, 1798-1804, 3 vol. in-fol. rel.

236. Giov. Gherardini. Lessigraphia italiana, osia maniera d scrivere le parole italiane, proposta. *Milano*, 1813, in-4, rel.

237. Monti. Proposta di alcune correzioni ed aggiunte al vocabolario della Crusca. *Milano, Tipogr. regia*, 1817-1821, 5 vol. in-8.

238. Dizionario della lingua italiana ed appendice. *Bologna*, 1819-1822, 7 vol. in-4, rel.

239. Tesoretto della lingua toscana, opera messa in luce da G. Biagioli. *Parigi*, 1822, in-8, rel.

240. Rimario di Rosasco (Girolamo). *Padova*, 1826, in-fol. rel.

241. Rimario italiano, ossia Vocabolario ortografico-desinenziale, compilato sul Rimario di Girolamo Rosasco, accresciuto da Francesco Antolini. *Milano*, 1839, 1 vol. gr. in-8, rel.

242. Vocabolario universale italiano, compilato a cura della Società tipografica. *Napoli*, 1829-1840, 8 vol. in-fol. rel.

Avec le Supplément. *Naples*, 1856.

243. Giov. Gherardini. Voci e Maniere di dire italiane addi-
late a' futuri vocabolari. *Milano*, 1838, 2 vol. gr. in-8, rel.

244. Panlessico italiano, ossia Dizionario universale della lingua italiana. *Venezia*, 1839, 2 vol. gr. in-8, avec planches.

245. A. Ronna. Dict. français-ital. et italien-français, rédigé
sur les travaux de Biagioli. *Paris, Hingray*, in-8, cart.

246. Lessigrafia italiana, ossia Maniera di scrivere le parole
italiane, proposta da Giov. Gherardini e messa a confronto
con quella insegnata dal vocabolario della Crusca. *Milano*,
1843, gr. in-8, br.

247. Gherardini (Giov.). Lessigrafia italiana proposta, 2ª ed.
Milano, 1849, in-8, rel.

248. Giovanni Gherardini. Supplemento a' vocabolari italiani.
Milano, 1852-1857, 6 vol. gr. in-8, rel.

249. Piccola Enciclopedia, ovvero Vocabolario usuale, scien-
tifico, artistico, biografico, etc., della lingua italiana, da
Antonio Bazzarini. *Torino*, 1853-1854, 2 vol. in-18.

250. Le Nouvel Alberti, dict. français-italien et italien-français, par Ambrosoli, Arnaud, Vigo, Pellizari, etc. *Milan*,
1855-1859. 2 vol. in-4, rel.

251. Supplemento al Vocabolario della Lingua italiana, per
cura di David Passigli, in Prato nel 1852, compilato da
Emmanuele Rocco. *Napoli*, 1856, 1 vol. in-8 broch.

252. Cormone Manni. Dizionario francese-italiano, italiano-
francese. *Paris* et *Lyon*, 1857, gr. in-8, rel.

253. Vocabolario della Lingua italiana, già compilato dagli
Accademici della Crusca, ed ora nov. corretto ed accresciuto dal abate G. Manuzzi. *Firenze*, 1859, 3 vol. in-4,
demi-rel.

254. Fanfari (Pietro). Vocabolario dell'uso toscano. *Firenze*,
Barbera, 1863, 2 vol. in-8, demi-rel.

255. Vocabolario della Pronunzia toscana, compilato da Pietro Fanfari. *Firenze*, 1863, 1 vol. in-8, rel.

3. *Recueils de prose et de poésie.*

256. Collezione di opere inedite o rare dei primi tre secoli
della Lingua, publicata per cura della R. commissione de'
testi di lingua. *Torino*, 1861-1862, 2 vol. in-12, br.

257. Collezione di opere inedite o rare dei primi tre secoli
della lingua. *Torino*, 1862. 2 vol. in-16, br.

258. Tesoro della Prosa italiana dei primi tempi della lingua fino ai dì nostri, ordinato da Eugenio Alberi. *Firenze*, 1841, in-8, demi-rel.

259. Opuscoli inediti di celebri autori toscani l'opere dei quali sono citate dal vocabolario della Crusca. *Firenze*, 1807-1816, 3 vol. grand in-8, cart.

260. Raccolta di Prose italiane. *Milano, della Società tipografica*, 1808-1809, 2 vol. in-8, cartonnés, avec portraits.

261. Opere scelte di scrittori italiani del secolo XIX. *Torino*, 1841, 3 vol. in-12. br.

262. Prose e Poesie scelte in ogni secolo della Letteratura italiana. *Firenze, Barbera*, 1864, 2 vol. in-8.

263. Raccolta di Prose e Poesie inedite di varij autori viventi. *Firenze*, 1842, in-8, cart. (*Figures.*)

264. Poeti del primo secolo della Lingua italiana. *Firenze*, 1816, 2 v. in-8, br.

265. I Quattro Poeti italiani, con una scelta di Poesie italiane del 1200 a nostri tempi, publicati da A. Buttura. *Parigi, Lefèvre*, 1833, grand in-8.

266. I Quattro Poeti: Dante, la Div. Comedia; Petrarca, le Rime; Ariosto, Orlando furioso; Tasso, la Gerusalemme liberata, con note. *Prato*, 1853 et 1854, 2 vol. grand in-8.

267. Dante, Pétrarque, Michel-Ange, Tasse. Sonnets choisis, traduits en vers et précédés d'une étude sur chaque poëte, par Ernest et Edmond Lafond. *Paris*, 1848, gr. in-8, br.

268. I Fiori delle Rime de' Poeti illustri, nuovamente raccolti ed ordinati da Girolamo Ruscelli. *In Venetia*, 1569, parch. filets.

269. Tesoro de' Concetti poetici scelti da' più illustri Poeti toscani. *Venezia*, 1610, 1 vol. in-16, rel. en parch.

270. Scelta di Sonetti e Canzoni de' più eccellenti Rimatori d'ogni secolo, con nuova aggiunta. *Venezia*, 1739, 5 vol. in-12, bas.

271. Scelta di Poesie italiane de' più celebri Autori d'ogni secolo, con note illustrate da Antonio Benedetto Bessi. *Parigi*, 1783, 2 vol. in-8, rel. en v.

272. Scelta de' più eccellenti Rimatori dal 1400 fino a 1709. *Bologna*, 1711, 3 gros vol. in-8, parchemin.

273. Rime scelte de' Poeti Ferraresi antichi e moderni, con brevi notizie istoriche intorno ad essi. *Ferrara*, 1713, in-8. (*Rare.*)

273 *bis*. Rime scelte de' Poeti Ravennati antichi e modern
defunti, con le memorie istoriche spettanti alle loro vite
ed opere poetiche. *Ravenna*, 1739, in-8. (*Rare.*)

274. Raccolta di Rime antiche toscane. *Palerma*, 1817, 4 vol.
in-8, rel.

275. Risorgimento della Poesia italiana dopo il Petrarca,
ovvero Saggi di Poesie toscane del secolo di Lorenzo dei
Medici. *Londra*, 1813, in-4. rel.

276. Raccolta di Poesie satiriche. *Milano*, 1808, in-8, avec
portrait, cart.

277. Raccolta di Poesie satiriche scritte nel secolo XVIII. *Milano*, 1827, 1 vol. in-8, rel. avec portr.

278. Antologia italiana del cav. F. Brancia. *Paris, Jules
Didot*, 1823, in-8, br.

279. Tesoro della Poesia italiana antica e moderna, ossia Antologia italiana del cav. F. Brancia. *Parigi*, 1840, 1 vol.
in-8, br.

280. Canti popolari toscani, corsi, illirici, greci, raccolti e
illustrati da N. Tommaseo. *Venezia*, 1841-1842, 4 tom. reliés en 2 vol. in-8.

281. Raccolta dei più celebri Poemi eroici comici italiani con
cenni biografici su i respettivi autori. *Firenze*, 1841-1842,
3 vol. grand in-8, demi-r.

282. Poeti italiani dell' Età media, ossia scelta e saggi di
Poesie dai tempi del Boccaccio al secolo XVIII, per cura
di Terenzio Mamiani. *Parigi, Baudry*, 1848, 9 portraits,
demi-rel.

283. Rime e Prose del buon secolo della Lingua, tratte da
manoscritti e in parte inediti. *Lucca*, 1852, in-8, relié.

284. Florilegio poetico moderno, ossia scelta di Poesie di
70 autori viventi. *Milano, Società tipog.*, 1822, 2 vol. in-12,
veau, filets.

285. Poeti italiani contemporanei maggiori e minori, preceduti da un discorso di Cesare Cantù e seguiti da un saggio
di Rime di Poetesse italiane antiche e moderne. *Parigi,
Baudry*, 1843, 1 gros vol. in-8 à 2 colonnes, broch.

4. *Dante.*

286. Dante, con l'Espositioni di Cristoforo Landino et d'Alessandro Vellutello sopra la sua Commedia. *Venezia*, 1596,
in-folio parchemin.
Édition la plus recherchée.

287. Dante. La Divina Commedia, accresciuta di un doppio Rimario e di tre indici copiosissimi, da Gio. Antonio Volpi. *Padova*, 1727, 3 vol. in-8, basane.

288. La Divina Commedia di Dante Alighieri, spiegata da B. L. (Lombardi). *Roma*, 1791, 3 vol. in-4, rel. filets.

289. Dante. La Divinia Commedia, con gli argomenti, allegorie et dichiarazione di Lodovico Dolce. *Venezia*, 1794, fort vol. in-16, br.

290. La Divina Commedia di Dante Alighieri, giusta la lezione del Codice Bartolomeo. *Udina*, 1823, 4 vol. in-8, br.

291. La Divina Commedia di Dante Alighieri, col commento del P. Baldessare Lombardi. *Firenze*, 1830, 6 vol. in-8, rel. portr.

292. La Divina Commedia di Dante Allighieri, con le note di Paolo Costa et gli argomenti dell ab. G. Borghi, adorna di 500 vignette. *Firenze*, 1840-1843, 3 vol. grand in-8, br.

293. Dante Alighieri. La Divina Commedia, col commento del Pompeo Venturi. *Parigi, Truchy*, 1841, in-12, rel.

294. La Commedia di Dante Allighieri, illustrata da Ugo Foscolo. *Londra*, 1842-1843, 4 vol. in-8, avec portrait de U. Foscolo.

295. Dante Alighieri. La Divina Commedia, con nuovi argomenti e note di G. Borghi. *Parigi, Baudry*, 1844, in-8, avec portr. demi-rel.

296. La Divina Commedia di Dante Allighieri, colle note di Niccolini, Capponi, Berghi e Becchi, con incisioni in rame. *Firenze*, 1853, 3 vol. grand in-8.

297. Commedia di Dante Allighieri, con ragionamenti e note di Niccolo Tommaseo. *Milano*, 1854, grand in-8, rel.

298. Dante. La Divina Commedia, col commento di G. Biaggioli. *Napoli*, 1855, 3 vol. in-12, br.

299. La Divina Commedia, coi commenti di Brunone Bianchi, nuovamente illustrata ed esposta e renduta in facile prosa per G. Castrogiovanni. *Palermo*, 1858, grand in-8, br.

300. La Divina Commedia di Dante Alighieri, col commento di Pietro Fraticelli. *Firenze*, 1860, in-8, relié.

301. Il Canzoniere di Dante Alighieri, annotato e illustrato da Pietro Fraticelli, aggiuntovi le Rime sacre e le Poesie latine dello stesso autore. *Firenze*, 1861, in-8, br.

302. Dante Alighieri. Divina Commedia, secundo la lezione di Carlo Witte, adorno di 100 incisioni antiche. *Milano*, 1864, 3 vol. br.

303. Lo Inferno della Commedia di Dante Alighieri, col commento di Giunforto del Bargigi, tratto da due manuscritti inediti del secolo xv con introduzione e Note dell. avv. G. Zacheron. *Firenze*, 1838, gr. in-8, rel. en maroq. rouge, tr. dor., avec beaucoup de planches.

304. La Vita nuova, di Dante Alighieri. *Firenze*, 1857, 1 vol. in-8, br.

305. Il Convifo, di Dante Alighieri, e le Epistole, con illustrazioni e note di Pietro Fraticelli e d' altri. *Firenze*, 1857, in-8.

306. Dante. La Divine Comédie, texte italien et traduction française avec notes de A.-F. Artaud. *Paris, Didot*, 1828–1830, 9 vol. in-32.

307. La Comédie de Dante, traduite en vers et commentée, suivie de la clef du langage symbolique des Fidèles d'amour; par F. Aroux. *Paris*, 1857, 2 vol. in-8.

308. Dante. La Divine Comédie, traduction nouvelle avec notes, par P.-Angelo Fiorentino. *Paris, Hachette*, 1858, in-12, cart.

309. Dante, traduit en vers, texte en regard, par Louis Ratisbonne. 3ᵉ édition. *Paris*, 1860, 6 vol. in-12, br.

310. La Divine Comédie, traduite par Lamennais, précédée d'une Introduction sur la vie, la doctrine et les œuvres de Dante. *Paris, Didier*, 1863, 2 vol. in-12, br.

311. Indici della Divina Commedia di Dante. *Venezia*, 1819, in-12, demi-rel. mar., n. rog.

312. Ruggiero Leoncavallo. Manuale Dantesco della Divina Commedia, preceduto da un discorso di Ludovico Traubacco. *Napoli*, 1850, in-8, br.

313. Manuele Dantesco per gli studiosi della Divina Commedia. *Napoli*, 1856, 1 vol. br.

314. Vocabolario Dantesco, o Dizionario critico e ragionato della Divina Commedia di Dante Alighieri, di L. G. Blanc, recato in italiano da G. Garbone. *Firenze*, 1857, 1 vol. in-8.

315. Ferrazzi (Gius. Jacopo). Manuele Dantesco. *Bassano*, 1865, 3 vol. in-12.

316. Carpellini. Della Letteratura Dantesca degli ultimi venti anni dal 1845 ai 1865, in continuazione della Bibliografia Dantesca del visconte Colomb de Batines. *Sienna*, 1866, in-8, br.

317. Il Commento di Giov. Boccaccio sopra la Commedia di Dante. *Firenze, Lemonnier*, 1863, 2 vol. in-12, br.

318. Cosimo Bartoli. Ragionamenti accademici sopra alcuni luoghi difficili di Dante. *Venetia*, 1567, 1 vol. in-8, rel.

319. Mazzone. Difesa di Dante. *Cesena*, 1587, in-4, rel.

320. Osservazioni intorno alla questione promessa sopra l'originalità della Divina Commedia di Dante. *Roma*, 1814, in-8, rel.

321. M.-A. Lanci. Dissertazione su i versi di Nembrotte e di Pluto nella Divina Commedia di Dante. *Roma*, 1819, in-8.

322. L'Ottimo Commento della Divina Commedia, testo inedito di un contemporaneo di Dante, citato dagli Accademici della Crusca. *Pise*, 1827-1829, 3 vol. in-8, avec portrait, rel.

323. Arrivabene (Ferdinando). Il Secolo di Dante, commento storico necessario all'intelligenza della Divina Commedia. *Firenze*, 1830, 2 vol. in-12, br.

324. Lezioni sul Dante e Prose varie di Benedetto Varchi, la maggior parte inedite. *Firenze*, 1841, 2 vol. in-8 br.

325. I Luoghi più oscuri e controversi della Divina Commedia del Dante, dichiarati da lui stesso, con tre appendici di Giuseppe Picci. *Brescia*, 1843, in-8, demi-rel.

326. Pietri Alleghierii super Dantis ipsius genitoris Comœdiam Commentarium, curante Vincentio Nannucci. *Firenze*, 1845, gr. in-8, br.

327. Chiose sopra Dante, testo inedito ora per la prima volta pubblicato. *Firenze*, 1846, grand in-8, br.

328. Drouilhet de Sigalas. De l'Art en Italie, Dante Alighieri et la Divine Comédie. 2e édition. *Paris, Didot*, 1853, 1 vol. in-8, br.

329. M. Fauriel. Dante et les origines de la Langue et de la Littérature italiennes; cours fait à la Faculté des lettres de Paris. *Paris, Auguste Durand*, 1854, 2 vol. in-8, rel chagrin.

330. Fauriel. Dante e le origini della Lingua e della Letteratura italiana. *Palermo*, 1856, 2 vol. in-8, rel. chagrin.

331. Dante Alighieri, ou la Poésie amoureuse, par E.-J. Delécluze. *Paris*, 1854, 2 tomes en 1 vol. in-8, rel.

332. E. Aroux. Dante hérétique, révolutionnaire et socialiste; révélations d'un Catholique sur le moyen âge. *Paris*, 1854, in-8, br.

333. Bellezze della Divina Commedia di Dante Alighieri, dialoghi del P. Antonio Cesari. *Napoli*, 1855, gr. in-8, br.

334. Benvenuto Ramboldi da Imola illustrato nella vita e nelle opere, il di lui commento latino sulla Divina Commedia di Dante Al., voltato in italiano da Giovanni Tamburini. *Imola*, 1855, 3 vol. gr. in-8.

335. Francesco da Buti. Commento sopra la Divina Commedia di Dante Alighieri per cura di Crescentino Giannini. *Pisa*, 1858-1862, 3 vol. gr. in-8, avec planches.

336. Dante Alighieri. Studie von Dr Hermann Grieben. *Cologne*, 1865, in-8, br.

337. Sul Testo della Divina Commedia, studii di Adolfo Mussafia. *Vienne*, 1865, in-8, br.

338. Daniel Stern : Dante et Goethe ; dialogues. *Paris*, *Didier*, 1866, 1 vol. in-8, br.

339. Artaud de Montor. Histoire de Dante Alighieri. *Paris*, 1846, 1 vol. in-8, rel.

340. Storia della vita di Dante Alighieri, compilata da Pietro Fraticelli, sui documenti in parte raccolti da Giuseppe Pelli, in parte inediti. *Firenze*, 1861, in-8, br.

5. *Pétrarque.*

341. Il Petrarca, col commento di Sylvano da Venaphio. *Napoli*, 1533, in-4, rel. vélin. (*Rare.*)

342. Il Petrarca con l'esporisione d'Alessandro Vellutello, di nuovo ristampato con le figure ai Triomphi et con più cose utili in varie luoghi aggiunte. *Venezia*, 1554, 1 vol. petit in-4, parchemin.
Excellente édition, très-rare.

343. Le Rime del Petrarca, brevemente esposte per Lodovico Castelvetro. *Venezia*, 1756, 2 vol. pet. in-folio, rel. en percaline.
Belle édition.

344. Petrarca. Rime. *Londra*, *s. d.*, 2 vol. in-16, rel., portr. et gr.

345. Petrarca. Le Rime, con le annotazioni di Alessandro Tassoni, Girolamo Muzio e Lod. Ant. Muratori. *Venezia*, 1759, 1 vol. in-4, rel.

346. Le Rime di M. Francesco Petrarca, illustrate con note dal P. Francesco Soave. *Milano*, 1805, 2 vol. gr. in-8, fig.

347. Le Rime del Petrarca, édition de Antonio Marsand. *Padova*, 1819-20, 2 vol. in-fol., avec beaucoup de gravures.

348. Rime di F. Petrarca, col commento di G. Biagioli. *Parigi*, 1821, 3 vol. in-8, rel. en 2 vol.

349. Le Rime del Petrarca, con tavole in rame ed illustrazioni. *Firenze*, 1821, 2 vol. in-8, br.

350. Le Rime di Francesco Petrarca, secondo l'edizione e col proemio di Antonio Marsand. *Parigi*, *Didot*, 1847, in-12, relié.

351. Fr. Petrarchæ Epistolæ de rebus familiaribus et variæ. *Florentiæ*, *Lemonnier*, 1859, 3 vol. in-8, br.

352. Lettere di Petrarca (Francesco). Vol. 1-2-3. *Firenze*, 1863-1864-1865, 3 vol. in-8.

353. Levati (Ambrogio). Viaggi di Francesco Petrarca in Francia, in Germania ed in Italia. *Milano*, 1820, 5 vol. in-8, cartonnés.

354. Lo Tasso Napoletano, zoè la Gierosalemme liberata, votata a llengua nosta da Grabielle Fasono. *Napoli*, 1689, in-fol. bas. (*Rare.*)

355. Arnigio (Bartholomeo). Lettura letta publicamente sopra'l sonetto *Liete, pensose, accompagnate e sole*, ove si fà breve discorso intorno alla Invidia, all' Ira et alla Gelosia. *Brescia*, 1565, in-16, parchemin.

356. Del Petrarca e delle sue opere, libri quattro. *Fiesole*, 1837, 1 vol. in-8, rel.

357. François Pétrarque. Œuvres choisies, traduites du latin et de l'italien, avec des Mémoires sur sa vie (ouvrage attribué à l'abbé de Sade). *Amst.*, 1764, 3 vol. in-4, reliés en 2, basane.

358. Rimes de Pétrarque, traduites en vers, texte en regard, par Joseph Poullenc. *Paris*, 1865, 4 vol. in-12, br.

359. Francesco Petrarca's sæmmtliche italienische Gedichte. 6 tomes en 2 vol. in-16. *Munich*, 1829.

360. L'Abbé de Sade. Mémoires pour la vie de François Pétrarque, tirés de ses.œuvres et des auteurs contemporains. *Amsterdam*, 1764, 3 vol. in-4, rel., avec une lettre autographe de l'abbé de Sade.

361. Pétrarque, par Alphonse Rastoul. *Avignon et Paris*, 1836, gr. in-8, br.

362. Marsand (Ant°). Biblioteca petrarchesca. *Milano*, 1826, in-4. (*Tiré seulement à 150 exempl, celui-ci porte le n° 127.*)

6. *Arioste.*

363. Ariosto (Lodovico). Orlando furioso, con le annotazioni di Ruscelli. *Venezia*, 1565, in-4, basane, avec beaucoup de figures.

364. Ariosto. L'Orlando furioso. *Londra, s. a.*, 4 vol. in-16, rel. portrait et figures.

365. Orlando furioso (avec accents prosodiques). *Avignon*, 1816, 8 vol. in-18, br.

366. Lodovico Ariosto. Orlando furioso, con argomenti. *Parigi*, 1818, 8 vol. reliés en 4, in-16.

367. Lodovico Ariosto. L'Orlando furioso e le Satire, con note di diversi, per diligencia et studio di Ant. Buttura, avec portr. *Parigi*, 1836, 4 vol. in-8, rel.

368. Ariosto. Orlando furioso. *Firenze, Barbara*, 1858, 3 vol. in-16, demi-rel. avec portr.

369. Rinaldo Ardito, di Lodovico Ariosto ; frammenti inediti pubblicati sul manoscritto originale. *Firenze*, 1846, gr. in-8, rel.

7. *Le Tasse.*

370. Opere di Torquato Tasso. *Firenze*, 1724, 6 tomes en 3 vol. pet. in-fol. rel. (*Belle édition.*)

371. La Gerusalemme liberata di Torquato Tasso, trasportata in lingua calabrese in ottava rima, da Carlo Casentino. *Cosenza*, 1737, in-4, vélin.

372. Torquato Tasso. La Gerusalemme liberata. *Firenze*, 1818, 2 tomes en 1 vol. avec portrait.

373. Tasso (Torquato). La Gerusalemme liberata. *Firenze*, 1823, 2 vol. rel. en veau, filets.

374. Gerusalemme deliverà dro Torquato Tasso, traduta in lengua zeneize. (Texte original en regard.) *In Zena, s. d.*, in-4, vélin. (*Curieux et rare.*)

375. Il Goffredo di Torquato Tasso, con il travestimento alla rustica bergamesca, del dottor Carlo Assonico. *Bergame*, 1778, 2 vol. in-12, br. avec portrait et frontispice.

376. Il Goffredo del Tasso, cantà alla Barcariola, da Tomaso Mondini (italien et dial. vénitien). *Venezia*, 1793, in-4, cartonné.

377. Torquato Tasso. Gerusalemme conquistata. *Venezia*, 1628, 1 vol. in-4, parch. (*Rare*.)

378. T. Tasso. La Gerusalemme conquistata. *Venezia*, 1728, in-4, br.

379. Cinque Canti di Camilli, aggiunti al Goffredo di Torq. Tasso, con aggiunti de gli Argomenti. *Venetia*, 1604, pet. in-4, parchem.

380. Considerazioni al Tasso di Galileo Galilei, e discorso di Guisᵉ Iseo sopra il poema di Torquato Tasso. *Roma*, 1793, 1 vol. in-4, demi-rel.

381. Serasi (Antᵒ). La Vita di Torquato Tasso. *Roma*, 1785, 1 vol. in-4, rel. grav.

382. Serasi (Pierantonio). La Vita di Torquato Tasso. *Bergame*, 1790, 2 vol. in-4, vélin, fig.

8. *Autres poëtes italiens.*

383. Andrea di Bergamo. Il Primo e secondo libro delle satire alla Carlina di messer Andrea di Bergamo (Pietro Nelli). *Venezia*, 1548, in-16, maroq. filets dorés. (*Rare*.)

384. Copia delle Parole scritte per M. Giovanni Marinello. *Venise*, 1562, 2 vol. in-4, parch.

385. Rime piacevoli di Cesare Caporali, del Mauro e d'altri autori. *Venezia*, 1595, in-16, rel. parch.

386. Aretino Pietro. Dubbii amorosi. Altri Dubbii amorosi. Sonetti lussuriosi. *Nella stamperia del Forno, s. d.*, 1 vol. in-16, v. filets.

387. Rime del Burchiello Fiorentino, comentate dal Doni, et piene di capricci, fantasie, amori, stravaganze, grilli, frenesie, motti et sali. *Vicenza*, 1597, 1 vol. in-16, rel. vélin.

388. Boiardo, conte de Scandiano. Sonetti e Canzone. *Milano*, 1845, in-8, cart.

389. Moro (Mauritio). I Tre Giardini de' madrigali, con il Foro d'amore, le Furie ultrici et il Ritratto delle Cortigiane. *Venezia*, 1602, 1 vol. in-16, parchemin. (*Rare*.)

390. Villani (Nicolo). Ragionamento sopra la poesia giocosa de' Greci, de' Latini et de' Toscani, con alcune poesie piacevoli del medesimo autore. *Venezia*, 1634, 1 vol. pet. in-4, parchemin.

391. Majolino Bisaccioni. L'Albergo, favole. *Venezia*, 1640, 1 vol. in-16, vélin.

392. Gio. Franc. Loredano. L'Iliade giocosa. Il Cimiterio, epitafi giocosi. Historia catalana. *Venezia*, 1654, in-8, demi-rel.

393. Orlando innamorato, del signor Matteo Maria Boiardo, conte di Scandiano, insieme con i tre libri di M. Nicolò degli Agostini, già riformati per M. Lodovico Domenichi. *In Venetia*, 1655, parchem.

394. M. Pietro Bembo: le Rime. *Venezia, s. d.*, in-16. (*Rare*.)

395. Opere del cavalier Giambattista Marini, con giunta di nuovi componimenti inediti. *Parigi*, 1861, in-8, broché.

396. Lepidezze di Spiriti bizarri, e curiosi avvenimenti raccolti e discritti da Carlo Dati. *Firenze*, 1829, gr. in-8, rel.

397. Opere burlesche di Francesco Berni, della Casa, Varchi, Mauro Bino, Molza, del Fiorenzuola, ecc., ecc., ecc. *Utrecht*, 1726, 3 vol. in-16, rel. en parchemin.

398. Vincenzo Gravina. Della Ragion poetica, libri due, e Della Tragedia, libro uno. *Venezia*, 1731, in-4, relié, vélin.

399. Ricciardetto di Nicolò Carteromaca. *In Parigi*, 1738, in-4 relié. Portrait.

400. Lagrime in Morte di un gatto, poésies en italien, grec, latin macaronique, hébreu, et en divers dialectes d'Italie. *Milano*, 1741, 1 vol. in-12, relié, veau doré sur tranche. (*Rare et curieux*.)

401. Perlone Zipoli. Il Malmantile racquistato, colle notte di Paccio Lameni. *Firenze*, 1750, 2 vol. in-4, frontisp.

402. Il Malmantile racquistato di Perlone Zipoli, colle note di Lameni. *Prato*, 1815, 2 vol. in-4, br.

403. Baccanali di Girolamo Baruffaldi. *Bologna*, 1758, 3 vol. in-8, vél. gr.

404. Gambara (Veronica). Rime e Lettere, reccolte da Felice Rizzardi. *Brescia*, 1759, in-8, mar. rouge, fil.

405. Il Ricciardetto, di Nicolo Carteromaco (Nicolo Fortiguerra). *Londra*, 1767, 3 vol. in-16, veau, filets dorés, portrait et frontispices.

406. Versi di Diodata Saluzzo (fra gli Arcadi Glaucilla Eurotea). *Torino*, 1796, 1 vol. gr. in-8, cart.

407. Il Vendemmiatore, poemetto in ottava rima di Luigi Tansillo; e la Priapea, sonetti lussuriosi-satirici di Niccolò Franco. *A Pe-king, regnante Kien-long, nel* 18 *secolo* (*Parigi*), in-18, cart.

408. Tempietto di Venere, scelta di Prose e Poesie erotiche del cav. Marini, Pananti, Rilosi, Franco Aretino, ecc. (la

Puttana errante), Nido d'Amore, Novelletta et Epigrammati. *Londra*, s. *a.*, in-46, rel. dos chagrin.

409. Scherzi poetici e ittorici (da de Rossi). *S. a.*, in-8, demi-rel. mar. figures au trait.

410. Opere poetiche di Michele Zezza. *Napoli*, 1818, 5 vol. in-46.

411. Poesie toscane di Vincenzo da Filicaja. *Firenze*, 1819, 2 vol. in-18, br. (*Avec portrait.*)

412. Tavolozzo, versi di Emilio Praga. *Milano*, 1862, grand in-8, br.

413. Giambattista Casti. Gli Animali parlanti, poema epico. *Parigi*, 1802, 3 vol. in-8, rel.

414. Chiabrera (Gabriello). Amedeide, poema eroico. *Geneva*, 1836, 1 vol. in-8, rel.

415. Re (Zefirino). Epigrammi. *Bologna*, 1823, in-8, br.

416. Severi (Niccola). Poesie varie. *Pise*, 1832, 3 vol. in-8, reliés.

9. Boccace. — Conteurs italiens.

417. Il Decameron di messer Giov. Boccaccio. *Amsterdam*, *Elz*, 1679, 2 vol. in-12, rel.

418. Il Decameron di Gio. Boccacio, tratto dell' ottimo testo scritto da Franco d'Amaretto Manelli, 1761, in-4, gr. pap. fig. et fac-simile.

419. Decamerone di messer Giovanni Boccaccio. *Londra*, 3 vol. in-8. cart.

420. Il Decameron di Giov. Boccaccio. *Parigi*, *Didot*, 1849, 2 vol. in-12.

421. Gio. Boccaccio. Della Genealogia degli Dei libri XV, traduzione di Giuseppe Batussi da Bassano. *Venezia*, 1564, 1 vol. in-4.

422. Giovanni Boccacci. Commento sopra la Commedia di Dante Alighieri, con le annotazioni di Anton Maria Salvini. *Firenze*, 1724, 2 vol. in-8, rel.

423. Manni (Maria Dom.). Istoria del Decamerone di Giov. Boccaccio. *Firenze*, 1732, 1 vol. in-4, rel.

424. Boccaccio (Giovanni). L'Amorosa Fiammetta. *Vineggia*, *Giolito*, 1562.

424 *bis*. Il Corbaccio, altrimenti Labirinte d'Amore, di nuovo corretto da Lodovico Dolce. *Vinegia*, 1564, in-16, parch. Édition rare.

425. Vita di Giov. Boccaccio, scritta dal conte Gio. Battista. *Firenze,* 1806, in-8, pap. de Hollande, rel. portr.

426. Conti di antichi cavalieri, copiati da un codice della Biblioteca di casa Martelli per cura di P. Fanfani. *Firenze,* 1851, in-8.

427. Raccolta di Novellieri italiani. *Milano,* 1813-1816, 26 vol. avec 1 vol. supplémentaire au 19e vol. Ens. 27 vol. in-16, broch.

428. Tesoro di Novellieri italiani scelti dal 13° secolo e publicati da Zirardini. *Paris, Baudry,* 1847, 2 vol. gr. in-8, br.

429. Tesoro di Novellieri italiani in prosa. *Milano,* 1864, in-8, avec fac-simile.

430. Le Cento Novelle antiche, secondo l'edizione di 1525 con note. *Milano,* 1825, in-8, rel.

431. Le Tredici piacevoli Notti di Giov. Franc. Straparola da Caravaggio. *Venezia,* 1586, 1 vol. in-4, rel. (*Rare.*)

432. Quatro Novelle scelte : Tractato del Prete cole monache, la novella della Figliuola del Mercante, Historia nova di tre Donne, la Dama ed il Calzolaio. *Cosmopoli,* 1865, 1 vol. in-12, br.

Tiré à 100 exemplaires. (C'est le n° 73.)

433. Doni. Mondi celesti, terrestri et infernali, degli accademici Pellegrini. Mondo piccolo, grande, misto, risibile, imaginato, da Pazzo et Masiemo. Inferno degli scolari, de' malmaritati, delle Puttane et Ruffiani, soldati et capitani poltroni, dottori cattivi, ecc., ecc. *Vinegia,* 1562, un vol. in-16, parchemin. (*Rare.*)

434. Novelle amorose de' signori Accademici incogniti, pubblicate da Francesco Carmeni. *Venezia,* 1641, 1 vol. in-4, rel. en veau.

435. Marino (il cavalier). Una Notte, ossia un Momento di piacere. *Svizzera,* 1800, 1 vol. in-16, cart.

436. Raccolta di Novelle di .... Batachi. *Londra, an VI,* 3 tomes en 2 vol. v.

437. Novelle di Casti. *Parigi,* 1804, 3 vol. in-8, rel.

438. Le Novelle di Giambattista Casti. *Lugano,* 5 vol. in-16, avec planches.

439. Alessandro Manzoni, opere complete, con la Monaca di Monza di Giovanni Rossini. *Firenze,* 1847, grand in-8 avec 12 vignettes.

440. I Promessi Sposi, di Alessandro Manzoni, con le illustrazioni di Cesare Cantù. *Palermo,* 1858, gr. in-8, br.

10. *Ouvrages en divers genres. — Epistolaires.*

441. Tommaseo (Niccolo). Dizionario estetico, parte antica e parte moderna. *Milano*, 1852-1853, 2 vol. pet. in-fol.

442. Mac Culloch. Dict. universel de la Banque et des manufactures. *Paris*, 1851, 2 vol. in-8, rel.

443. Réveillé-Parise. Physiologie et hygiène des hommes. *Paris, Dentu*, 1843, 2 vol. in-8, br.

444. L'Année musicale, par P. Scudo, 1re, 2e et 3e année. *Paris, Hachette*, 1860, 1861, 1862, 3 vol. in-8, broché.

445. H. Cl. Koch. Musikalisches Lexicon, 2te durchaus umgearbeitete und vermehrte Auflage, von Arrey von Dommer. *Heidelberg*, 1865, 1 vol. gr. in-8, chagrin.

446. Hans Holbein. L'Alfabeto della Morte, avec gravures. *Parigi, Tross*, 1856, 1 vol. in-8, rel.

447. G. C. Lichtenberg's ausführliche Erklärung der Hogart'-schen Kupferstiche, mit verkleinerten aber vollständigen Copien derselben, von E. Rieperhausen. *Gœttingen*, 1794-1801, 14 liv. en 7 vol. demi-rel.

Les gravures forment un vol. format in-fol. oblong, demi-rel.

448. Cento Giuochi liberali et d'ingegno, da M. Inocentio Ruighieri, et in dieci libri descritti. *Bologna*, 1551, 1 vol. in-4, parch.

449. Fontanini (G.) Biblioteca dell' Eloquenza italiana, con annotazioni di Apostolo Zeno. *Venezia*, 1753, 2 vol. in-4, rel. en parch.

450. Corticelli (Salvadore), accademico della Crusca, della toscana Eloquenza discorsi centi. *Venezia*, 1753, 1 vol. in-4, veau fauve.

451. Della toscana Eloquenza discorsi cento, descritti dal Padre Salvadore Corticelli. Edizione 4a. *Venezia*, 1786, 2 vol. in-8, cart.

452. Gli Oratori italiani in ogni ordine di Eloquenza, editi e inediti, per Francesco Taucchi. *Torino*, 1854, 2 vol. grand in-8, demi-rel.

453. Equicola (Mario). Libro di natura d'Amore. 1536, 1 vol. in-16, parchemin. (*Rare.*)

454. Mario Equicola d'Alveto. Di Natura d'Amore. *Venezia*, 1587, 1 vol. in-16, parchemin.

455. Salvini (Anton Maria). Prose toscane. *Firenze*, 1715-1725, 2 vol. in-4, parchemin.

456. Pietro Aretino. La prima e seconda parte dei Ragionamenti. *Sans lieu ni date*, 1584, in-16, maroquin, filets.

457. Aretino (Pietro). La terza et ultima parte de' Ragionamenti (Ragionⁱⁱ delle corti e del giuoco). 1589, in-16, maroquin, filets, dor. sur tr. (*Rare.*)

458. Capricciosi e piacevoli Ragionamenti di M. Pietro Aretino. = La Ficheide. = Il piacevol Ragionamento dell'Aretino. = La Putana errante. *Cosmopoli, Elzev.*, 1660, in-12, veau v. filets. (*Très-rare.*)

459. Il Libro del Perchè. La Pastorella del Marino, la Novella del Angelo Gabriello, e la Putana errante di Pietro Aretino. *A Pe-King, regnante Kien-Long, nel* xviiiᵉ *secolo.* (*Parigi, Molini*), *s. d.*, in-12, rel. en veau. filets dor. (*Rare.*)

460. Bozzelli. Della Imitazione tragica presso gli antichi e presso i moderni, Ricerche. *Lugano*, 1837-1838, 3 vol. in-8, demi-rel.

461. Agost. Gugl. Schlegel. Corso di letteratura dramatica, trad. italiana con note di Giov. Gherardini. 2ᵉ ed. *Milano*, 1844, gr. in-8. rel.

462. Pietro Aretino. Quattro comedie (il Marescalco, la Cortigiana, la Talanta, l'Hipocrito). *S. l.*, 1588, in-12, relié.

463. Opere dell' abate Pietro Metastasio. *Prato*, 1820, 14 vol. in-16, av. portr.

464. Metastasio (Pietro). *Napoli*, 1857, gr. in-8.

465. Tragedie di Vittorio Alfieri, coll' accento di prosodia. *Avignon*, 1818, 6 vol. in-18.

466. Alberto Nota. Commedie. *Torino*, 1818, 4 tomes en 2 vol. in-8, portrait.

467. Raccolta di Melodrammi scritti nel secolo xviii. *Milano*, 1822, 2 vol. in-8 r., avec le portrait de Apostolo Zeno.

468. Goldoni (Carlo). Raccolta di commedie scelte. *Livorno*, 1825, 2 vol. in-8, br., avec portrait.

469. Il Conte Giov. Giraud. Commedie. *Firenze*, 1825, 6 tom. in-16 en 3 vol., reliés.

470. Parabosco (Girolamo). Quatro libri delle Lettere amorose. *Vineggia*, 1568, 1 vol. in-16, parchemin. (*Rare.*)

471. Lettere di Pietro Aretino. *Parigi*, 1609, 6 vol. pet. in-8, vél.

472. Annibal Caro. Delle lettere familiari, colla vita dell' autore, scritta da A.-F. Seglezzi. *Padova*, 1742, 3 vol., parchemin.

11. *Polygraphes.*

473. Opere di Niccolò Macchiavelli. *Italia*, 1813, 8 vol. in-8, rel., portrait.

474. Machiavel, son génie et ses erreurs; par A.-F. Artaud. *Paris, Didot*, 1833, 2 vol. in-8, rel.

475. OEuvres choisies de P. Arétin, traduites en français avec notes, par P. L. Jacob, bibliophile. *Paris*, 1845, in-8, br.

476. Opere di Firenzuola (Agnolo). *Milano*, 1802, 5 vol. in-8, br.

477. Giovanni della Casa. Opere, illustrate e di cose inedite accresciute. *Napoli*, 1733, 3 vol. in-4, rel. en vélin.

Bel exemplaire.

478. Opere di Francesco Albergati Capacelli. *Venezia*, 1783-1785, 12 tomes reliés en 6 vol. in-8.

479. Opere di Parini (G.), pubblicate ed illustrate da Francesco Reina. *Milano*, 1801-1804, 6 vol. gr. in-8, pap. fort, demi-rel.

480. Opere di Giulio Perticari. *Bologna*, 1838-1839, 2 vol. gr. in-8, rel., avec portrait.

481. Vincenzo Monti. Opere inedite e rare. Prose e poesie. *Milano*, 1832-1834, 5 tomes reliés en 2 vol.

12. *Patois italiens. Macaronées.*

482. Monumenti antichi di Dialetti italiani publicati da Adolfo Mussafia. *Vienna*, 1864, gr. in-8, br.

483. Pipino (Maurizio). Gramatica piemontese. = Vocabolario piemontese. = Poesie piemontesi. *Torino, reale stamperia*, 1783, 3 vol. in-8, demi-rel.

484. Pipino (Maurizio). 1° Gramatica piemontese. 2° Poesie piemontesi. *Torino*, 1783, 3 vol. in-8, demi-rel., non rogn.

485. Gran Dizionario piemontese-italiano compilato da Vittorio di Sant' Albino. *Torino*, 1859, in-4, rel.

486. Rime padovane di Magagno, Menon e Begotto. *Venezia*, 1569 in-12, rel. en parch. (*Rare.*)

487. Vocabolario milanese italiano di Francesco Cherubini (avec Supplément). *Milan*, 1839-1856, 5 vol. gr. in-8, br.

488. Carlo Porta e Tommaso Grossi. Poesie scelte in dialetto milanese. *Milano*, 1842, in-8, rel., portrait et vignettes.

489. Vocabolario bresciano e toscano. *Brescia*, 1759, in-4, cart. (*Rare.*)

490. Collezione di tutti i Poemi in Lingua napoletana con vocabolario del Dialetto napoletano e Trattato del Dialetto napoletano. *Napoli*, 1783-89, 28 tomes reliés en 21 vol., vélin. (*Collection rare et précieuse.*)

491. Antonio Morri. Vocabolario romagnolo-italiano. *Faenza*, 1840, gros in-4, demi-rel., non rogné.

492. Nuovo Dizionario siciliano-italiano, compilato da una società di Persone di lettere per cura di Vincenzo Mortilaro. *Palermo*, 1838-1844, 2 vol. in-4.

493. Giovanni Meli. Poesie siciliane. *Palermo*, 1859, 4 vol. in-32, br.

494. Vocabolario veneziano e padovano e termini correspondenti toscani. 2e ed. *Padova*, 1796, in-4, cartonné.

495. Dizionario del Dialetto veneziano, di Giuseppe Boerio. *Venezia*, 1856, in-4.

496. Bertoldo, Bertoldino e Cacasseno, traduzion del toscan en lengua veneziana. *Padova*, 1747, 3 vol. in-8, rel., avec grav.

497. Poesie veneziane di diversi autori. *Venezia*, 1817, 12 tom. reliés en 6 vol. in-16,

498. B. Biondelli. Saggio sui Dialetti gallo-italici. *Milano*, 1853, in-8, rel.

499. Macaronéana, ou Mélanges de littérature macaronique des différents peuples de l'Europe, par Octave Delepierre. *Paris*, 1852, 1 vol. in-8, br.

500. Macaroneana. Nouveaux Mélanges de littérature macaronique, par Octave Delepierre. *Londres*, 1863, 1 vol. in-8, grandes marges, rel.

501. Macheronee di Poeti italiani del secolo xv, con Appendice di due Sonetti in dialetto bergamasco. *Milano*, 1864, 1 vol. in-4, grandes marges.

HISTOIRE.

—

HISTOIRE, HISTOIRE LITTÉRAIRE, BIOGRAPHIE, BIBLIOGRAPHIE.

502. Abrégé de Géographie, par Balbi. *Paris*, 1850, gr. in-8, br. cartes.

503. Viaggi di Pietro della Valle, il Pellegrino (Turchia, Persia e India). *Brighton*, 1843, 2 vol. in-12, rel.

504. P. O. Bröndstedt. Voyages et recherches dans la Grèce, avec planches, 1ʳᵉ et 2ᵉ livraison, les seules publiées. *Paris, Didot*, 1826-1830, 2 part. in-fol., cart.

505. Hœren, A.-H.-L. Ideen über den Verkehr und den Handel, etc. *Goettingen*, 1824-1827, 8 vol. in-8, cartes.

506. Karl Otfried Müller. Geschichten Hellenischen Stämme und Städte. — Orchomenos and die Illyrien. — Die Dorien. *Breslau*, 1820-1824, 3 vol. in-8, demi-rel. cartes.

507. Vannucci. Storia dell'Italia antica. *F. Le Monnier*, 1863-1864, 4 vol. in-8, b.

508. Sallustius, curante J.-L. Burnouf (collection Lemaire). *Paris*, 1821, 1 vol. in 8, dem.-rel.

509. C. Cornelii Taciti opera, annotatione perpetua triplicique indice instruxit Georgius Alexander Rupertus. *Hanoveræ, Hahn*, 1831-1839, 4 vol. demi-rel.

510. Histoire romaine, par Théodore Mommsen, traduite par M. C.-A. Alexandre. *Paris*, 1863-1868, 6 vol. in-8, brochés.

511. Simonde de Sismondi. De l'Empire romain et du Déclin de la civilisation, de l'an 250 à l'an 1000. *Paris*, 1835, 2 vol. in-8, br.

512. Michaud. Histoire des Croisades. *Paris*, 1825, 4 vol. in-8, brochés.

513. Simonde de Sismondi. Histoire des Français. *Paris*, 1821-1844, 31 vol. in-8, rel.

514. Fauriel. Hist. de la Gaule méridionale. *Paris*, 1836, 4 vol. in-8, rel.

515. Rolland (le Président). Recherches sur les prérogatives des Dames chez les Gaulois, sur les Cours d'amour, etc. *Paris*, 1787, in-12, v.

516. Chronique de la Pucelle, avec notices, notes et développements, par M. Vallet de Viriville. *Paris*, 1859, in-8, br.

517. Francisque Michel. Rapport au Ministre de l'Instruction publique sur les anciens monuments de l'histoire et de la littérature de France, qui se trouvent dans les bibliothèques de l'Angleterre et de l'Ecosse. *Paris, Imprimerie royale*, 1838, 1 vol. in-4, br.

518. Francisque Michel et Ed. Fournier. Le Livre d'or des Métiers, Histoire des Hôtelleries, Cabarets, Courtilles et des anciennes Confréries d'Hôteliers, de Taverniers, de Marchands de vins, etc., 2 vol. grand in-8, br., fig.

519. G. Touchard-Lafosse. Chroniques secrètes et galantes de l'Opéra, 1667-1845. *Paris*, 1846, 2 vol. in-8.

520. J.-B. Vico. Œuvres éditées par Joseph Ferrari. *Milano*, 1852-1854, 6 vol. in-8, br. (*Texte italien.*)

521. Dissertazioni sopra le Antichità italiane di Lod. Muratori. *Milano*, 1836, 5 vol. in-8, br. neufs.

522. Muratori. Annali d'Italia dal principio dell'era volgare fino all'anno 1749. *Milano, Società tipografica de' Classici italiani*, 18 vol. in-8, br., portrait.

523. Guicciardini (Francesco). La Historia d'Italia. *Venezia, Giolito*, 1567, in-4, portraits, demi-rel.

524. Carlo Denina. Delle Rivoluzioni d'Italia, edizione terza veneta. *Venezia*, 1792-1793, 4 vol. in-4, demi-rel.

525. Guicciardini e Botta. Storia d'Italia. *Parigi, Baudry*, 1832-1837, 20 vol. in-8, brochés.

526. Simonde de Sismondi. Hist. des Républiques italiennes du moyen âge. *Paris, Furne*, 10 vol. in-8, rel. fig.

527. Segni (Bernardo). Istorie fiorentine dall'anno 1525 al 1555, publicate per cura di G. Gorgani. *Firenze, Barbera*, 1857, in-8, rel.

528. Guerazzo (F. D.) La Battaglia di Benevento, storia del secolo XIII. *Paris*, 2 vol. in-8, 1835, br.

529. Dalbono (C. T.). Storia di Beatrice Cenci et de' suoi tempi, con documenti inediti. *Napoli*, 1864, in-8, br. 3 portraits.

530. Leggende storiche siciliane del XIII e XIV secolo, raccontate da Vincenzo Mortillaro, marchese di Villabene. *Palermo*, 1862, grand in-8, br.

531. Danemarck delineated. *London*, 1824, grand in-8, titre gravé et planches.

532. Galeria pitoresca da Historia portugueza. *Paris*, 1842, 1 vol. cart. figures.

533. Quadrio (Fr. S.). Della Storia d'ogni poesia. *Bologna*, 1739-49, 7 vol. in-4, vél. fig.

534. Baret (Eugène). Espagne et Provence : étude sur la Littérature du Midi de l'Europe, accompagnée d'Extraits et de Pièces rares et inédites pour faire suite aux travaux de Raynouard et de Fauriel. *Paris*, 1857, in-8, br.

535. Simonde de Sismondi. De la Littérature du Midi de l'Europe. *Paris*, 1829, 4 vol. in-8. rel.

536. Hist. littéraire des Troubadours, contenant leurs vies, les extraits de leurs pièces, etc., etc. (par Millot). *Paris*, 1774, 3 vol. in-12, v.

537. Cavedoni (Celestino). Ricerche storiche intorno ai Trovatori provenziali accolti ed onorati nella corte dei marchesi d'Este. *Modena*, 1844, 1 vol. in-4, br., avec envoi de l'auteur.

538. Berger de Xivrey. Recherches sur les Sources antiques de la Littérature française. *Paris*, *Crapelet*, 1829, in-8, demi-rel.

539. J.-J. Ampère. Histoire de la Littérature française au moyen âge, comparée aux littératures étrangères. — Histoire de la Formation de la Langue française. *Paris*, *Tessier*, 1841, in-8, demi-rel.

540. D. Nisard. Hist. de la Littérature française, 3ᵉ éd. *Paris*, *Didot*, 1863, 4 vol. in-12, br.

541. J.-J. Ampère. Histoire littéraire de la France avant le XIIᵉ siècle. *Paris*, *Hachette*, 1839-1840, 3 vol. in-8, demi-rel.

542. J.-J. Ampère. Histoire littéraire de la France avant Charlemagne, 2ᵉ édition. *Paris*, *Hachette*, 1868, 2 vol. in-8, br.

543. J.-J. Ampère. Histoire littéraire de la France sous Charlemagne et durant les Xᵉ et XIᵉ siècles, 2ᵉ édition. *Paris*, *Hachette*, 1868, in-8, br.

544. Roquefort-Flaméricourt. De l'Etat de la Poésie française dans les XIIᵉ et XIIIᵉ siècles. *Paris*, 1815, 1 vol. in-8, rel.

545. C. de Méry. Histoire générale des Proverbes. *Paris*, 1828-1829. 3 vol. in-8, cartonnés.

546. Encyclopediana, ou Dict. encyclopédique des Ana. *Paris*, *Panckoucke*, 1791, 1 vol. in-4.

547. Menagiana, ou Bons mots, rencontres agréables, etc., de M. Ménage. *Amsterdam* et *Paris*, 1693-1716, 4 vol. in-16, dont 3 brochés et 1 rel. en parchemin, figures.

548. Menagiana, ou les Bons mots, remarques critiques, etc., de M. Ménage. *Amsterdam*, 1716, etc., 4 vol. pet. in-12, veau.

549. Gimma (G.). Idea della Storia dell'italiana Letteratura esposta coll'ordine cronologico. *Napoli*, 1723, 2 vol. in-4, rel. en parchemin.

550. Girolamo Tiraboschi. Storia della Letteratura italiana, 2ª edizione modenese. *Modena*, 1787, 16 vol. in-4, cartonnés.

551. Zangada (Antº). I Fasti delle lettere in Italia nel corrente secolo. *Milano*, 1853, 2 vol. gr. in-8, br.

552. I Secoli della letteratura italiana, dopo il suo resorgimento, da Corniani, c......to da Fredari. *Torino*, 1854, 1856, 8 vol. in-16, rel.

553. Manuale della letteratura del 1º secolo, compilato da Vincenzo Vannucci. *Firenze*, 1857-1859, 3 vol. gr. in-8, reliés en 2 vol.

554. Francesco Ambrosioli. Manuale della letteratura italiana, 2ª ed. *Firenze, Barbera*, 1863, 4 vol. in-12, br.

555. Gioberti (Vincenzo). Pensieri e Giudizio sulla letteratura italiana e straniera, raccolti da Filippo Ugolini. *Firenze, Barbera*, 1859, 1 vol. in-8, br.

556. Ebert (Adolf). Handbuch der italienischen National-Literatur. *Marburg*, 1854, gr. in-8, br.

557. Histoire littéraire d'Italie, par P.-L. Ginguené, avec la suite de Salfi. *Paris*, 1824, 14 vol. in-8, rel. portrait.

558. Della Novella Poesia, cioè del Vero Genere e particolari bellezze della poesia italiana, libri tre. *Verona*, 1732, in-4, vélin.

559. Dell'Origine della Poesia rimata, publicata e con annotazioni illustrata dal cav. G. Tiraboschi. *Modena*, 1790, in-4, rel.

560. Della Perfetta Poesia italiana, da Lodovico Antonio Muratori, con le Annotazioni di Anton. Maria Salvini. *Milano*, 1821, 4 vol. in-8, rel.

561. G. B. Ceresto. Storia della poesia in Italia. *Milano*, 1857, 3 vol. in-12, br.

562. Dictionnaire des personnages célèbres de l'antiquité, précédé d'un Essai sur les noms propres, par Noël. *Paris*, 1806, in-8, demi-rel.

563. Ebert (Fried. Adolf.). Allgemeines biographisches Lexikon. *Leipzig*, 1821, 2 vol. in-4, rel.

564. Villari (Pasquale). La Storia di Girolamo Savonarola e
de' suoi tempi. *Florence, Le Monnier,* 1861. 2 vol. in-12,
demi-rel.

565. Dino Compagni. Étude historique et littéraire sur l'épo-
que de Dante, par Karl Hillebrand. *Paris, A. Durand,* 1862,
in-8, br.

566. Giovan. Mario Crescimbeni. La Vita degli Arcadi illustri. *Roma*, 1708-1710, 3 vol. in-4, rel. en parch.

567. La Vita di Apostolo Zeno, da Francesco Negri. *Venezia*,
1816, 1 vol. in-8, veau, fil. portrait.

568. Vita di Lodovico Antonio Muratori, descritta da G. Franc.
Muratori, suo nipote. *Arezzo,* 1767, 1 vol. in-4, vél. fig.

569. Vannucci (Atto). Ricordi della vita e delle opere di G.-
B. Niccolini. *Firenze*, 1866, 2 vol. in-8, br.

570. Vie de Benj. Franklin, écrite par lui-même, suivie de
ses œuvres, traduit de l'anglais par J. Castéra. *Paris, an VI*,
2 vol. in-8, rel. portrait.

571. P.-J. Fétis. Biographie universelle des musiciens et
Bibliographie générale de la musique. *Paris, Didot,* 1860,
1865, gr. in-8, rel.

572. Alph. Chassant et P.-J. Delbarre. Dictionnaire de sigillo-
graphie pratique, contenant toutes les notions propres à fa-
ciliter l'étude et l'interprétation des sceaux au moyen âge.
Paris, Dumoulin, 1860, un vol. in-8, cartonné, avec planches.

573. P. O. Bröndsted. The Bronzes of Siris, now in the Bri-
tish Museum, an archeological essay. *London*, 1836, in-fol.
br. fig.

574. Le P. C.-F. Menestrier. Nouvelle Méthode raisonnée de
blason, avec figures. *Lyon*, 1756, in-12, rel.

575. Barbier (A.-A.) et N.-L.-M. Desessarts. Nouvelle Bibliothèque d'un homme de goût, cont. des jugements sur les
meilleurs ouvr. qui ont paru en France et à l'étranger. *Paris*, 1817, 5 vol. in-8, rel.

576. Brunet (J.-C.). Manuel du Libraire et de l'Amateur de
livres, contenant : 1° un nouveau dictionnaire bibliogra-
phique ; 2° une table en forme de catalogue raisonné. 5° édition originale, refondue et augmentée d'un tiers par l'auteur. *Paris, Didot,* 1860-1865, 6 vol. in-8, demi-rel.

577. Barbier. Dictionnaire des ouvrages anonymes et pseudonymes, 2ᵉ édition. *Paris*, 1822-1827, 4 vol. in-8, avec portrait, demi-reliure, veau fauve, filets.

578. Nouveau Dictionnaire des ouvrages anonymes et pseudonymes, la plupart contemporains, avec notes historiques et critiques, par E. de Manne. *Lyon*, 1862, in-8, br.

579. Dizionario di opere anonime et pseudonime de' scrittori italiani, o come che sia aventi relazione all' Italia, da Gaetano. *Milano*, 1848-1859, 3 vol. gr. in-8, br.

580. Bibliographie des ouvrages relatifs à l'amour, aux femmes, au mariage, etc., par M. le C. de ***, 2ᵉ édition. *Paris, J. Gay*, 1864, gr. in-8, rel.

581. D. Gaetano Melzi. Note bibliografiche, edite per cura di un bibliofilo milanese, con altre notizie. *Milano*, 1863, in-8, broch.

582. Serie dei testi di lingua, di B. Gamba. *Venezia*, 1839, gr. in-8, demi-rel. mar. (*Lortic.*)

583. Testi di lingua inediti, tratti da' codici della Biblioteca vaticana. *Roma*, 1816, 1 vol. in-8, rel.

584. Bertoloni (Antonio). Nuova Seria de' testi di lingua italiana. *Bologna*, 1846, in-8, br.

585. Haym (N.). Biblioteca italiana, o sia Notizia de' libri rari italiani. *Milano*, 1771, 2 tomes reliés en 1 vol. in-4, parchemin.

586. Haym. Biblioteca italiana, ossia Notizia de' libri rari italiani. *Milano*, 1803, 4 tom. en 2 vol. veau marbré, filets.

587. Gamba (B.). Bibliografia delle Novelle italiane in prosa. *Firenze*, 1835, 1 vol. in-8, demi-rel.

588. Bibliografia dei romanzi e poemi cavallereschi italiani, 2ᵃ edizione, corretta ed accresciuta. *Milano, Tosi*, 1838, in-8, avec portraits et médaillons.

589. Marsand (Antᵒ). I Manoscritti italiani della regia Biblioteca parigina. *Paris, Impr. royale*, 1835, 2 vol. in-4.

FIN

TABLE DES DIVISIONS.

—

LINGUISTIQUE.

HISTOIRE.

FIN DE LA TABLE DES DIVISIONS.

ORDRE DE LA VENTE.

—

Première Vacation. — *Lundi* 21 *décembre* 1868.

417 à 589

Deuxième Vacation. — *Mardi* 22 *décembre.*

232 à 416

Troisième Vacation. — *Mercredi* 23 *décembre.*

49 à 231

Quatrième Vacation. — *Jeudi* 24 *décembre.*

1 à 48

A la fin de la dernière vacation il sera vendu en lots environ 1000 volumes ; des ouvrages de linguistique moderne, des classiques italiens, éditions de Le Monnier à Florence, et autres que le temps n'a pas permis de cataloguer.

———

CONDITIONS DE LA VENTE.

Il y aura, chaque jour de vente, DE DEUX A QUATRE HEURES, exposition des livres composant la vacation du soir.

Les livres vendus devront être collationnés sur place dans les vingt-quatre heures de l'adjudication. Passé ce délai, ou une fois sortis de la salle de vente, ils ne seront repris pour aucune cause.

Les acquéreurs payeront, en sus du prix d'adjudication, cinq centimes par franc, applicables aux frais.

———

Paris. — Imprimerie de Ad. Lainé et J. Havard, rue des Saints-Pères, 19.

RED. :

18

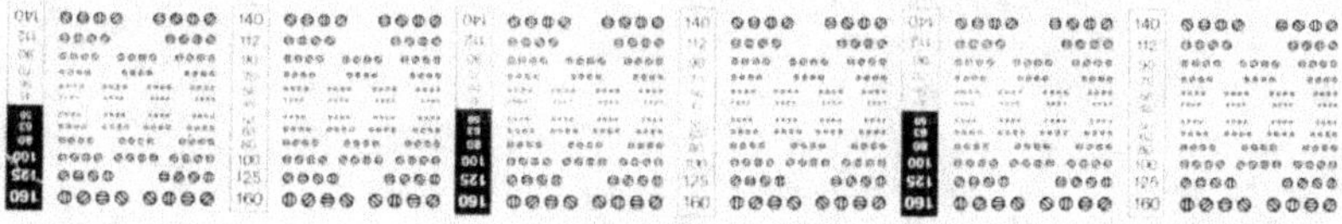

0 1 2 3 4 5 6 7 8 9 10

graphicom

MIRE ISO N° 1
NF Z 43-007
AFNOR
Cedex 7 - 92080 PARIS-LA-DÉFENSE

BIBLIOTHEQUE NATIONALE DE FRANCE

****

CHATEAU DE SABLE

1995